张晓锋 著

中国商业出版社

图书在版编目（CIP）数据

月光遍照 / 张晓锋著. -- 北京 : 中国商业出版社，2023.12

ISBN 978-7-5208-2805-5

Ⅰ. ①月… Ⅱ. ①张… Ⅲ. ①游记－作品集－中国－当代 Ⅳ. ①I267.4

中国国家版本馆CIP数据核字(2023)第246824号

责任编辑：吴　倩

中国商业出版社出版发行
（www.zgsycb.com　100053　北京广安门内报国寺1号）
总编室：010-63180647　编辑室：010-83128926
发行部：010-83120835/8286
新华书店经销
北京印刷集团有限责任公司印刷

*

710毫米×1000毫米　16开　14印张　174千字
2023年12月第1版　2023年12月第1次印刷
定价：90.00元

* * * *

（如有印装质量问题可更换）

品味与用心

连建雄

顾肚[①]的新著《月光遍照》即将付梓面世。依照约定，我先睹为快。在轻松愉悦的浏览中，我忽然将目光停留在《于无声处》一篇藏地游记的字里行间："有心人之所以爱旅行，不只是为了抵达目的地，而是享受旅途中的种种乐趣，风景之美，人心之美，天地有大美而不言！"这段文字，既道出了世间无数有心游客的心声，也直接呈现了顾肚这类擅长游记和乡土题材的作家之心路与写作动机。的确，旅行因品味而美好，人生因用心而多彩！

在顾肚的笔下，最常见的是对乡土民情之品味。而其中，既有回味无穷的童年与故乡，又有令人神往的异域与巧遇。这部新著中也不例外。且看《一个粽子》一篇中的几段文字："杈伯是做食品的高手，一生乐此不疲，今年早早就应景顺俗，做好了粽子，分送熟人；那长长的绳索上系结的不只是一个个粽子，还是一串串的笑声、一份沉甸甸的趣味"；"烁弟的女朋友在节日前五天就以自己的才智与巧手包好了粽子，殷切赠予未来婆家人，小小的粽子无声有形地传递了一份温慰人心的暖意"。作者之细心与妙笔，就这样点化了司空见惯的民俗物

① 顾肚，作者笔名。

事。虽然，人情物理，自然而然，但若无顾肚的慧眼文心，在平凡的烟火气中，读者哪能领略到这样细致入微的真善美？！

人世之温情若此，山水之大美亦然。在顾肚的笔下，景物似乎充满了生命力与感情，甚至还有发人深省的性格与命运。我随手翻看新著中《远方有你》的篇章，马上就读到了令人神往的几段描写："湖面海拔5300米的拉姆拉错，一年里长达七个月处于结冰期，湖面解冻之后，时而风平浪静、水清如镜；时而无风起浪、彤云密布，不时发出奇特声响，显现奇妙景象"；"无论是在朗县还是在加查县，雅江水泛黄，混浊，低沉，时而缓缓向前，时而原地打转，好似负重而行，心事重重……墨脱县内的雅江，从茂密的森林中走来，水质清晰，水势湍急，水味清甜，因历经陡峭山地，有了落差，而造就了瀑布急流之美"。诚然，天地有大美而不言，但若无空灵的胸襟和阅历的淘洗，顾肚的"代言"恐怕也难以令读者大众感同身受，欣然向往！

与沈从文、汪曾祺这类作家一样，在顾肚的笔下，无常的际遇往往与世俗人情相互映衬，不经意间，读者就会被带入一部令人刻骨铭心的"世情连续剧"。在新著之中，《月光遍照》一篇，篇幅较长。它不仅充分展示了顾肚善于谋篇布局和切换场景的叙事能力，也再次展示了作者善于以小见大和由己及人的写作技巧。但更为难得的是，在叙述发生意外骨折后及其就医疗伤的曲折经历中，作者全景式呈现了其内心的平和与纠结，以及外缘的错综与曲折，细致入微地演绎了凡人都无法摆脱的尘劳与烦恼。读者于其字里行间，若无类似经历与共鸣，想必也会有切肤之启迪与反思。无须多言，世风人情有凉有热，但若非亲历者善于澄怀观照，读者诸君或者还难以从此俗世尘劳之中感受到阵阵"温慰人心的暖意"。

总之，顾肚这样的业余作家，在当代社会能拥有众多的读者，其原因恐怕就在于“用心”与“品味”。虽然当代人都向往“有诗，有梦，有远方”的浪漫人生，但现实生活却往往是不尽如人意。而相比于普通的读者大众，顾肚这类作家的人生有更丰富的际遇与经历，而且他们更加用心，更善品味，更有激情，也更喜欢分享。作为他的师长，我衷心希望顾肚能够努力前行，继续为读者奉献更多的美妙故事！

月光遍照

目录

目录

好食人家

周五傍晚，按照惯例，在海丰工作了一周的我，如常般准备打道回府了。今年入秋时间早，在这临海之地，秋风起而凉意生，绛红的夕阳染透了天空，铺满了地面，正是本港膏蟹肥硕的时候。起程前，先去一下广富路的海鲜市场，家人嘱托要带两只回广州去，赶鲜，作为当晚菜品。上个周五晚，相信店家的推荐并经其挑选，带了四只回去，一只一斤重。以南姜入水，待水沸之后清蒸，十三分钟后取出。

火候适当，壳红而光灿，肉厚而鲜甜，膏满而香郁，味道好极了，全家人啧啧称赞，从来没吃过这么好吃的螃蟹，比大闸蟹好吃多了！本来当晚要去看演出赶时间的林姐姐都不着急，说先好好品尝了再说！

“安身之本，必资于食！”

好食，乐食，并亲手烹调，乐此不疲，是我们家的喜好。一日三餐，不只是饱腹之需，而且尽空暇之时，劳动身心，享受美食之趣。“顾肚”，我的小名，就和饮食相关。

买鲜尝鲜，是生活习惯。虽然生活在大都市，节奏快，脚步匆，然而一天辛劳之后的晚餐以及节假日的饮食，不可苟就。不同于一般人家的周末上一趟市场，未来一周所需肉菜塞满冰箱，我们家基本上都是当天买鲜，当天吃鲜。生为潮汕人，从小习惯这一行为模式，也把这一套带到了广州。食材的新鲜度，是酿造美食的头等大事，美好食材与烹饪技艺共同配合与有机生发，才能玉成其美。比如竹笋，无论是切成块状与鸭肉一起煲汤，还是切成细丝清炒，当天出产当天食

用最为上等，求一份鲜甜本色，而且当日中午享用为尚。到了晚餐再做菜，已嫌干涩；如果放在冰箱隔天再吃，材质已蠢，只是果腹之物，失去享受的快感了！初夏时节吃竹笋，是潮汕人的共好，以揭东的埔田和潮安的江东两地出产的为上，“全笋宴”闻名遐迩！潮汕人“识食”，比如，有一种不多见的应时的食材，就是小青瓜刚冒出头只有半个小指头长的时候，就采摘下来，连同黄色的小花朵一起清炒。这小东西如同一条成蚕般大小，炒上一盘需要两三百根，那味儿清爽甜脆！

潮汕地区市场有一个很好的规矩，那就是你去买海鲜也好买牲畜肉品也好，店家都会根据烹饪的需要，赠送调料，称为“菜贴”，方便买家。如夏天买薄壳（海瓜子），店家必定配送“金不换”，薄壳炒“金不换”，两者味道互相激发，正相宜！买鱼则赠送些许青葱和姜丝，买贝壳类的就送“金不换”和辣椒，都是应时合宜之作料。卖家用心热心，买家省心欢心。

平常日子平淡过。买鲜吃鲜，要有闲暇时光，更要有闲心闲情。所谓“家有一老，如有一宝”，我们家有福，老爸在广州的时候，平素日子主要靠他上市，保证了日常食材的质地。逛市场，也是

我和林姐姐的喜好。来来往往多了，发现大院里昊弟的爸爸妈妈一年三百六十五天里，有三百六十天是一起上市场买菜的，出门时夫妻俩手牵手，回来时两人手里提得大袋小袋的，脸上笑容荡漾。所以，平常日子不平淡，平淡累积成深情，二十年的光阴就这么简简单单、利利索索、甜甜美美地走过来了。

* * *

喜欢做菜，是我们家的喜好和传承。老爸是家里第一大厨，合了潮汕人家庭里面往往男人更会做菜的地道。“我用的是华罗庚优选法，洗菜、分菜、分头烹饪过程有条不紊，错落有致，一气呵成，效率高！”在做菜前，他总会对孙子孙女得意地说。每每在捧出得意作品如焗烤全鸡、牛肉炒土豆等拿手好菜时，他就会自豪地说：“我五十多岁时才有时间闲下来学做菜，之前工作繁忙，哪有这份闲情！”老爸的卤猪肠、煎麦粿、炒粿条、炖猪肚汤等出品味道都是一流的！

林姐姐是纯正的潮州女子，做饭做菜是她的爱好和乐趣，没事就在家里捣弄吃的喝的，乐此不疲。家里阔大的厨房为她施展身手提供了充足的空间，无数大大小小、形状不同、用途难以述说的炊具为她酿造美食奠定了坚实的物质基础，我和儿子心照不宣坚定不移的激励和夸奖是她不断努力上进的强大动力！烹饪美食，是一个链条的工作，有一个完整的工序，有一系列的讲究，可以说是一个追求完善追求极致的过程。做菜，享受的既是过程及其蕴含的期待，又是成功后的愉悦，更是眼见别人特别是亲人欢快品尝美食时的快意！这烹饪过程，特别是烤制面包糕点过程中，只要一个环节稍有差池，比如发酵不顺或者控制火候失准，就会功亏一篑，导致完全的失败！经过岁月的洗礼和不懈的努力，林姐姐的功夫日臻高深，作品色香味俱全，并且不断推陈出新，乐在过程中，乐在坚持中，乐在分享中。潮州姿娘秀外慧中，入得厨房出得厅堂，这一优良传统绵延至今，家人有福！

每天晚上吃完方歇息，一坐下来品尝工夫茶，全是吃货的家人就会马上开会讨论："明天吃什么？"同一个菜式，不能连续两天安排；每餐的荤菜素菜要搭配得宜，口味才不会过淡或太腻，适合身体的健康需求。食为天，每天都要在安排食谱上动脑筋用心神。这一家子好

食如斯，先后养的两只猫，分别取名“好食”和“肉丸”！猫如其主人，完全一个德性。这两个家伙都能吃能睡，壮壮实实，体重都达十斤。自从它们来到天台，从前为非作歹的老鼠随即消声遁影。“好食”生活在天台上，每晚快到开饭时间，都准时从天台跑下来敲门：“开门啦开门啦，开饭啦开饭啦……”

到了快过年的时候，往往在农历二十出头的日子，家里开始准备做应节食品。此时，家人齐聚，人手多，分工合力而成。在这不愁吃不愁喝的年代，无论是做红粿也好炸酥饺也好，图的是一份快乐，一份家人共同劳作、一起闲谈的聚会时光。炸酥饺，发源于我们家在海南农场时的苦中寻乐，并坚持至今。馅料一直用的是椰子丝、白糖、芝麻和花生碎，海南的味道，父母年轻时的味道，我童年时的味道，延续不辍的家庭的共同记忆。

* * *

人间有味是清欢！潮汕人喜欢回家乡，动不动就回，说走就走，所以高铁票总是难求。家乡情结重、人情味浓，除了传统的孝心亲情为重外，美食的吸引也是重要原因。

儿子回一趟家乡，吃灌面、灌粿条或者肉丸汤，必定要去义安路与昌黎路口交界那一摊。一家连名字都懒得起、门牌都懒得挂的店家，门面简朴却因味道独好而食客盈门。店家“胸无大志”，只做夜晚生意，下午备料，上午钓鱼或者走棋，赚的钱够过日子就可以了。

潮州人好食是出了名的，懂吃懂玩，潮州菜出名并长盛不衰自有其理。几千年的历史积淀和代代传承，使得这座文化名城的吃喝文化久远绵长，至今兴旺。潮州话中，“吃”字常在、频率奇高，“抽烟”叫作“吃烟”，“喝茶”叫作“吃茶”，整天吃来吃去，一天到晚、从晚到早吃声不绝，此起彼伏。

潮州古城遍地美食，好食之人如我家的，就要在群中选正，正中选好，好中选优，优中选尚。

吃肠粉，老新华书店对面小巷子里的“文香”店子出品甚佳，料好物美价宜，而且在旅游旺季人潮汹涌之时依然坚守本心，不加价不减量，赢得好口碑。

吃笋粿，要去白桥对面那间不起眼的小铺，皮薄馅足，轻轻一咬粿子，撕开外皮，鲜笋的清甜、香菇的香味和虾子的芬芳融合相宜而溢出，吃客随之不自觉地口水横流。通常要排队，还要趁早，不然买不到或者要苦等，店里的两位女子经常挥汗如雨地劳作。不可再去那些所谓老店，急功近利使得出品已经大不如前，早已名不副实，只可以哄得了一时不知内情的外地游客。

吃绿豆饼，打银街与西马路交会处的惠来人家经营的店子是不错的选择。甜美面色、笑容盈盈的老板娘从妙龄女子到初为人妇再到上位母亲，多年间全在这里打拼，岁月在指缝间无声流走，出品的绿豆饼始终本质纯正，香飘四方。

到潮汕地区不吃牛肉火锅，那真是枉走一遭、事后为憾事的了。这里的牛肉火锅，其鲜其香其嫩其爽其妙，无须多言，反正我离开潮汕，就不再吃同样名称的东西，同物不可比较，比较了就分出高低。在潮汕地区，选择牛肉火锅店的余地就大了。各有各的好，各有各的特色，只能各出其谋而求食客回头寻味。为了留住人客，有的店家还专门在店里设了微型戏台，潮乐声声，潮剧篇篇，弦竹悦耳，吃货们不知不觉间又多吃了三四盘……

粿汁嘛，这几年听说有了门面大、环境好的店面，既有“浪险尚”，又有“尚浪险”，令人不知如何是好，不敢去探听。不过，这一碗粿汁，外面的怎么好怎么香，都不如外婆在我小时候亲自指点我做的那一碗那么有味道，那么回味无穷！七十岁的外婆，一招一式，教我如何下水和料、如何用火贴皮、如何切碎作料、如何调配搅拌、如何让粿汁皮调料浑然一体焕发美味。虽然作料只是萝卜干、葱花和猪

油，然而那味道永远在心底飘香……

美食无数，然而肚子只有一个，所以食用要有度，过度则废物甚至伤人，适得其反，反为无趣。如我，刚从海南农场回到潮州农村，从来没吃过萝卜糕这样子美味的家乡物件，一口气无节制的恶果，就是伤胃伤身；如今一见到就反胃，无福再消受了。

自然，美食多多，对于吃货来说，少不了一杯工夫茶来消厌解腻，增味生津，相得益彰。

带着茶具出门，不仅是装样子，更是一种追求品质的生活方式。哪怕是在漫漫的人生旅途中，也不放弃对这种生活方式的坚持。喝茶的人都有自己的格调和坚持有质感的生活，到哪儿都不落下，无论到哪儿都带上自己的茶和茶具生活，可以简单点，但，不将就！

一个粽子

端午节，潮州人俗称为“五月节”，粽子是这个以农历月份命名的传统节日的应时之物。无粽不成节，因了粽子的存在与粽气的飘扬，端午节活色生香，富有韵味。

在这个快节奏的社会，讲求过节仪式感的潮州人依然固守着自己的精神家园，传统节日与现代生活方式并行共存，传统节日的仪轨依然在人们的日常生活和社交活动中展现生命力。传统社会中“礼物的流动”这一富含社会学、民俗学、伦理学、心理学意义的存在，不只是社会学家田野调查及理论研究的焦点课题，而且是厚植现实生活、随处可见、随时可闻的伦常。节前做粽子，依然是许多普通人家的爱好与坚持，靠着手口的演示，前辈传后生，一年又一年，一代又一代，生生不息，粽香飘扬在岁月的时光里。老爸的画友林伯是做食品的高手，一生乐此不疲，今年早早就应景顺俗，做好了粽子，分送熟人；那长长的绳索上系结的不只是一个个粽子，还是一串串的笑声、一份沉甸甸的趣味，和着门口竹帘上小小铃铛随风而动的清脆，一同随喜在惠畅的五月时空中。年青一代也有自己的心声与美意，烁弟的女朋友在节日前五天就以自己的才智与巧手包好了粽子，殷切赠予未来婆家人，小小的粽子无声有形地传递了一份温慰人心的暖意。“九〇后”

（张春城　作品）

的潮州女孩子（研究生）能有如此手艺，实为难得。烁弟不吃猪肉，她特意用不同的绳子分开记号。想想做粽子的时候，必是暖意融融，眼中含笑，手里的草绳必是最轻柔的缠绕。

做粽子的人，以片片竹叶缠绕而成外装，将情感与馅料密密地填满其中，再用细长柔韧的草绳细细捆绑固定成型，结出一个个果实；吃粽子的人呢，则是换了一个顺序，先解草绳，再剥竹叶，然后得其味，粽味与人情味芬芳溢现。这一来一往，这一生一熟，这一正一反，这一结一解，圆满地展现了情感的传导与互动，精彩地阐释了食品作为礼物流动的本意。

* * *

做粽子，是个细活儿、技术活儿，也是累活儿。选料、备料、调料、炒料、包扎烹煮，各道工序周详而紧凑，烦琐而考验人的耐心。如

果不是因为一份乐趣和一颗恬淡的心渗透其中，真是劳身、劳心、劳神。

先从累活儿说起。某种意义上，没有新鲜竹叶就没有应节粽子的存在。农历四五月正是新鲜竹叶的茁发时节，绿意莹润而焕发清新气息的竹叶，兼具作为粽子外皮与作料的双重功能，与四时皆有的馅料原品因缘相遇而契合融洽，粽子随缘而生。凝聚时序之气的竹叶在用作粽子材质之前，先要用开水泡煮消毒，然后浸泡水中，用软刷细细拂除叶面上的杂质垢印。一个粽子需要两片竹叶包裹，做上几十个的话，清洗竹叶工作的耗时、耗力可想而知。松开时间的绳索，回到从前，在农村蒸煮粽子，稻草是主要燃料。燃旺大锅鼎、煮熟粽子，往往需要准备垒成小山似的稻草。农家为了提高稻草的使用效率并妥善控制火候，需要手工将一大缕稻草卷揉成“8”字状并保持稻草卷的密松有度，这样的稻草卷有了外形的美观与内在的实用性，成为一件粗朴的艺术品，是农耕社会影像的浓缩展现。

成就一件细活儿，需要用心来营造，用汗水来浇灌。从粽子的用料配方上讲，馅料与竹叶之间不是简单的杂凑，不同馅料之间的品种搭配及份额确定颇有考究。素色发白的糯米是粽子的主料，味道平淡，需要优质五花肉、新鲜花生、绿豆、虾肉、香菇等作料来丰富粽子的内涵，不同作料自身独有的色彩、香气和味道互相包容互相补足，根据家人的喜好，经过制作人的选取调配以及恰如其分的份额确定，成就舌尖上的美味。在这个环环相扣的过程中，任何一个细节都来不得半点马虎，容不得失手、错算。从小处着眼的话，盐的加入就是一份功夫，过量的盐会压制作料的本味，喧宾夺主；盐量不足则激发不起作料的活力，寡淡乏味。可以说，做粽子的过程就是奏乐的过程，如同指挥家协调各种不同乐器各得其宜，共同成就美声妙音，一曲难忘。

做粽子是个技术活儿，道道工序都是真功夫，容不得半点花哨。粽身丰满严实而姿态优美，草绳捆绑有力且线条流畅，四个棱角分明呈现锥状的实体，是一个合格潮式粽子的外观要求。说包粽子的过程犹如绣花般仔细与严格，并不夸大其词，因为光是拢卷、集合、翻盖、揉顺竹叶的过程，就需要双手的高度协调，一手握着卷成漏斗状的竹叶，一手装料，同时挤压填满，新手往往不小心就会使竹叶破裂或者松散。馅料的填充也颇考功夫。料放少了粽身瘦瘪失形，料放多了粽身肿胀难以捆绑，导致蒸煮过程中由于糯米的体积膨胀而爆裂。捆绑成形更是终极考试。捆绑粽子，潮州人用的是“咸草”绳，柔韧而富有弹性。潮州人使用咸草的历史悠久，在塑料袋、塑料绳还未普及之前，蔬菜、鱼、肉等都是用咸草捆绑。这种长在沙滩的草本身独具清香，与竹叶相得益彰。现在咸草已经退出包装界，但作为粽子的伴侣，在端午节隆重登场，必不可少。在市场上咸草以干品的形态出现，使用前需用水浸泡，以增加湿润度，提升柔韧性。用咸草捆绑粽子的时候，力度的把握至关重要。绑得不紧，露馅；拉扯过度，易断；更有绑着绑着，一不留神，散了！新手们一般要龇牙咧嘴包出几十个“四不像”粽子之后，才能领悟要领。生粽子做成了，还只算成功了七成，

接下来蒸煮成熟也是功夫活儿，火候的把控至关重要。火候不足，粽子容易夹生；过了火候，烂熟不堪。在缺乏现代炊具的二十世纪七十年代，蒸煮粽子一般由最具经验的祖母把关。小时候在农村，外婆用一根香来计时，香点时起煮，香尽时粽熟，恰到好处。现如今用高压锅方便很多，个头不大不小的粽子装满一锅，先高火五分钟，再细火慢烘三十五分钟，热气尽而开盖，正是好时候！相较而言，用稻草作燃料的粽子味道更胜一筹，这里面不是怀旧的情愫渲染了腔调，而是富有自然之理。

端午节前做粽子，也是我们家的传统。用料考究而多彩，做工缜密而精巧，色香味俱全，是不懈的追求。老爸是高手，做粽子如同作画，感发兴生，乐在其中。观赏老爸包粽子是一种享受，看他气定神闲，从容不迫，手随心动，两手联奏互动，顷刻间一个美轮美奂的粽子就从手里诞生，动作利索，功力精深！所谓众口难调的无奈，在老爸这里从来都不存在：烁弟自小不喜吃猪肉，就专门包了不含猪肉的，粽身上以红线标明；薛姑娘喜欢吃大块瘦肉，就专门为她而忙，粽身上以白线标明；还有还有……

小小粽子浓浓情，粽子的味道就是家的味道、亲情的味道、爱的味道，历久而弥新，凝结并散发着平朴生活的气息，映示着生活的本色。

今年的端午节前，我陪着老爸一起做粽子，外面乍晴乍雨。“以前煮竹叶洗竹叶、备料等事，都是你妈妈承担的，为我省了不少功夫。”老爸感叹。前年妈妈离开的时候，正是农历五月。于今，眼前这片片粽叶包裹起来的，难道只是单纯的美食吗？

拾粪饭

到汝南客栈喝茶，遇见男主老哥。茶起，闲话多。

老哥说：“看了《那一天》，忆念许多旧事，时间过得快。你书中说的《拾粪》一章，说来只是浅显，儿时游戏而已。我知道更多，你听过拾粪饭没有？”

拾粪饭？我一脸茫然。

“现在好多人不知道了，听我道来。”老哥侃侃而谈，“我小时候，为了积肥种植，潮安东凤乡里的青壮年专门到澄海一带拾猪、牛、鹅粪，当天来回，以为生计。其时，澄海一带农村因为近海地瘦，难以种植作物，一方面以海为生，一方面多养鹅鸭，因此牲畜粪便极多，不排斥外乡人采粪外运。天蒙蒙亮，拾粪人就从为全家人熬煮的一大锅稀饭中，筛出一碗稠物，用白纱布包住捆紧，再放进以稻草和竹片混合缠扎而成的小兜里，以稻草封顶，起保温作用。随后，将一长条萝卜干塞在小兜外围的竹片间，作为物配。这就是拾粪饭，为拾粪人一整天在外的食物。准备妥当，拾粪人挑起两个畚箕，带上饭食，步行出发，搭乘每天上午仅有的前往澄海的一班轮渡。错过轮渡，一日工夫白费。这畚箕，专为装粪设计，口宽底深，以蕉叶铺垫底部，防漏防渗，再用蕉叶盖住顶层，压臭味。日落时分，拾粪人搭乘轮渡归来，家人前往渡口接应。拾粪人经过一天辛劳，筋疲力尽……”

于无声处

丰子恺说："这个世界不是有钱人的世界，也不是无钱人的世界，它是有心人的世界。"

佛学说，人身难得；道家说，平常心即是道。活着，本来平淡、单纯、清净。用心护念，用情浇灌，平常繁琐日子，依然有滋有味，可以活色生香，绰约多姿。

有人感叹：一个人最糟糕的处境不是贫穷，不是病痛，更不是一时的失意，而是他逐渐被生活磨成一个无趣的人，自己却浑然不觉，依旧过着乏善可陈的日子，尘劳困扰，心生怨憎。卫军兄感悟："人到中年，大部分人都会被生活磨得无趣；人的可怕之处在于心，心被蒙蔽便会觉得生活无趣，便会变得焦虑、狂躁，生活的打磨会让我们在无趣的生活中变得更有责任和担当！"

生活的经历和滋味，依人、依境、依心而不同，而万千变化。

一、日暮时分

窗外凉风爽爽，室内工夫茶飘香，曾在藏南地区工作多年，如今年老定居海丰县的张伯和我谈兴深浓，不经意间说起他青年时一件终生难忘的事。

那一天，张伯（那时候是小张）开着吉普车载运物资前往建筑工地。原本是熟悉的路道，闭眼也可走得，那天不知道怎的，或许是沿途的美景眩迷了心怀，或许是炽烈的阳光迷晕了眼睛，竟然走错了路，大白天闯进了沼泽地。好在反应敏捷，处置及时，车子只是被烂泥困住，然而已经前进不敢、后退不得。以一己之力，尝试了种种办法都无济于事，车子动弹不得。张伯待在那里，束手无策，无计可施，只见四野茫茫，天高云淡，人烟渺无。日色将晚，早出的星辰衬缀深蓝色天幕，点点光芒渐现渐耀。平时不畏天不畏地血气方刚的男人，此时面对静寂无声的沼泽地，有力没处使，有脚迈不出步，惶恐起来。无法对外联络，夜色再浓的话，寒风四起难抵挡，急剧降温无处避，白天隐迹的野兽可以想见的正蠢蠢欲动。冷汗浸透衣裳，寒风一吹，身子颤抖。荒野里，隐隐约约传来了狼嗥之声……

困于一隅之地的张伯不敢逃离，因为车上都是贵重物资。惶急中四处张望，寻觅生机。

其时，远处山路上，忽地闪现被夕阳衬托着的黑影，慢慢移动，向着他这个方向而来，没错，正是往这边来！慢慢地，可以看清了，是一位藏民扛着一条又长又宽的木板，一头健壮牦牛随行。老藏民，古铜色的黑瘦脸上刻满了岁月的沧桑与坚毅，破旧的藏服显示着日子的艰难与坚持。两人话语难相通，然而手势与表情可以传达信息。老藏民在山上偶然地张望，发现了山下的张伯和车子，知道发生了什么事，于是带着援救的方法而来。

救助之恩如何回报？藏民只是微笑，指天指地指胸口，急难相扶，人之本分，坚辞不受钱财。如何是好？张伯突然想起车上还有二三十个白馒头，于是全部奉送。藏民盯着馒头，神情大变，泪如泉涌，双手颤抖，吓坏了张伯。原来，藏民与其他当地村民一样，日子困顿窘迫，馒头如同琼瑶美食。藏民千恩万谢，伴随着牛铃声声，缓缓朝来路走去，消失于苍茫天地中……

二、有缘千里来相会

有心人之所以爱旅行，不只是为了抵达目的地，而是享受旅途中的种种乐趣，风景之美，人心之美，天地有大美而不言！

宫崎骏说：人生最大的遗憾，不是错过了最好的人，而是错过了那个最想要对你好的人。无论我们最后生疏成什么样子，对你的好都是真的。希望你不后悔认识我，就算终有一散，但别辜负相遇。

潮州同学强哥因为工作业务与林芝结缘，喜气洋洋，准备自驾到西藏，一酬多年赴藏心愿。强哥喜酒而兴高，酒品如人品，直率爽利，百杯不倒。只是近年酒量有些疲软，易醉，由此生出另一快意之举，喝高后见到陌生人，立即掏尽身上人民币，痛快赠予。热情高涨且动作奇快，朋友往往按捺不住，之后每逢聚会，事先扣留钱包。强哥喜欢开车，开快车，呼啦猛进，即使无伴也享尽独驾之快感。曾经一个人一口气从武汉开回潮州，中途不停歇，而且没有一张罚单，事后以为得意谈资，听者无不悦服。他告知我赴藏事，我千叮咛万嘱咐，到西藏不同于去他方，谨记守住两条：一是一路不能喝酒；二是不能超速行驶。到了林芝，如有需要，可联系陈育鹏陈总，一定可以解烦脱忧，平安顺畅。强哥也姓陈，那两人就有同宗之谊之缘。强哥一一听从遵守，平安往返，而且逸兴遄飞，悦享过程，

眉飞色舞，侃侃而谈，说不尽的途中故事，道不完的声声感叹，善哉

心生欢喜。回返广东后，于朋友聚会之时，播放沿途游历图片视频，眉飞色舞，侃侃而谈，说不尽的途中故事，道不完的声声感叹，善哉善哉！

* * *

认识育鹏兄，实属偶然，皆是因缘和合。

那一晚林芝好大的雨，天地迷蒙。在藏地酒店，胜哥盛情款待我等一行。胜哥来自川地，在藏多年，以此为家，为事业之源地，富有情怀，真挚质朴，诚心盈溢。2007年我因公干赴藏而认识，从此善意交往，感情深厚。

其时一位中年男子入来敬酒，胜哥介绍，为藏地酒店店主。

“听你口音，是潮汕人？”陈总问。

哎哟，我这普通话呀，乡音厚染沉积，貌似普通话却不会翘舌，只是胆大敢说，一出声即已露底。

“是的啊！”我一脸惭愧，说明是哪里人氏、籍贯何处。

“这就巧了，我就是你隔壁村的！”

千里之外巧遇乡人！这世界真妙，还是隔壁村的，奶奶就是陈姓啊！没想到普通话不准，倒因此牵出因缘来，令人思之不免傻笑。

有的人，相处半辈子，依然如陌路。有的人，无意回眸的遇见，却瞬间心意相通，情谊历披岁月而更为醇厚绵长。

从那个雨夜开始，和陈总开始了身心柔软的交往。

次年夏日到达林芝，我就不客气地接受陈总的盛情，住进藏地酒店。

酒店后面开阔的院落里，用花盆种植了潮汕品种的芥蓝，茁壮旺盛，正是收获时节。惊叹之后，知是陈总亲戚悉心作为。家乡情结，心心念念，牵连倾注在这花菜之上，聊寄一份相思。晚上陈总请饭，桌面上就有了一份炒芥蓝，潮汕做法，拌用猪油渣，同时因为林芝的水土清华，这菜品更显鲜嫩美味。接连而上的海鲜，色相灿灿，气息馥馥，味道纯纯，令人仿佛身在家乡，尽享口福。接待殷切，感动萦怀。之后每次来林芝，陈总必派车接送，我无功受用，惴惴不安。

又一年在林芝陈总组织的聚会上，我见到一对风尘仆仆的老夫妇。二老从揭阳来，一路自驾悠游至此，路上已一月，准备往拉萨走。陈总与他们素昧平生，得知消息后邀请相会，殷勤接待，提供诸多方便。由此我想起一件事来。卢总经营着潮州声誉隆盛的郡城义仓客栈，曾经两次单人行走西藏，得遇珠峰云开现真容的动人心魄美景。其间有一次在林芝郊外，突遇大雨倾盆，他仓皇逃奔，闪进工棚。迎接出来的，正是陈总。此后陈总周全照应，卢总至今感念在心。自然，并不是因为家乡情谊而倾重潮汕人士，其他地方来藏的人士，只要有缘，都得到了陈总的照顾关切。陈总以公益为重为乐，并不求回报，全因一腔慈悲心肠。他经营的“品藏堂”特产店里供奉的绿度母、白度母，

就是观世音菩萨眼泪的化身；供奉的阿弥陀佛，四十八愿正知正见，自度度人，自觉觉他。

陈总年轻时顺应缘分，从家乡远赴林芝打拼，空中生有，有处增进，开疆拓土，把根留在雪域藏地，如此经年，一晃二十来个春秋。实业厚重、基业长青之后，依然留存一颗平淡心和善良心，持恒守正做人做事的善良底线。看了《光阴的故事》一书后，共鸣声声，将书本置放客厅显眼处，几番与我叙谈年轻时在潮州的经历，谈起笔架山，谈起湘子桥，谈起东湖洞，柔情怀旧，绵远思忆，无限感叹发散于朗朗笑声里。根脉所系，谈起家乡过去及今日情状，变迁洪流，更是心潮泛浪，情思激扬。

三、那一夜

智超哥和衣斜躺长椅上，眼光扫了一下房间里的四个女孩，依然是无奈、无聊、无趣的场景，嘴边闪过一丝苦笑。侧过头望窗外，深蓝天幕镶饰着几颗钻石般的星星，云纱若有若无；人间天地一片黑暗，微弱灯光处依稀一晕亮色。

“我是不是好心办坏事，然后苦恼了自己？”智超哥喃喃自语，叹了口气。他被熏醒了，睁眼一看，房间里烟雾弥漫，四个小亮点闪烁。四个女孩靠着床背，手夹香烟，眼盯手机，姿势娴熟地吞云吐雾，神情快意而满足。烟不离口，地上烟蒂横七竖八。她们随手轻弹，烟灰散飞，尘埃落定。

这些女孩，是智超哥“捡”回来的。9月底的四川，碧云天黄叶地，秋色连波，正是一年好风景，八方游人集聚。智超哥闲游至此，

出外晚餐回返处于半山的酒店，其时风起天寒。酒店外面，这四个女孩瑟缩于墙角。善良的他上前问询，知道酒店客满，女孩们无处歇息，下山已无车可乘，正在彷徨中。出于同情心，把她们安排到自己居住的双人房来，自己屈居一隅，免得她们流落街头。

“看来都不是善辈啊！”智超哥整肃衣裳，闭眼休息。

* * *

一合眼，智超哥脑海里不由自主地涌出了年轻时辛苦打拼谋生活的场景，如同这些女孩般的年纪，他已经出外闯天下，凭着聪明和才智，一点一滴，深一脚浅一脚，营造事业，布排生活美景。自然，其中酸甜苦辣，只有自己深知个中滋味，一言难尽，言难尽明。

智超哥有一个爱好，视觉冲击力超强，常人难以明白、难以体验：在冰天雪地里裸露上身，经受寒风吹袭、冷温煎逼！茫茫雪地里，白皙的体肤、健壮的身躯分外显眼。周围人士见之，先是不解，后是倒吸一口冷气，他本人却是镇定自若，笑容满脸，享受着此地、此时、此境的快意，独得其趣。2021年4月在积雪浓厚、寒意袭人的色季拉山上，智超哥再现此好，惹得一位阅男无数的资深美女趋前关切，爱怜之心盈溢，觉得帅哥好猛！同行的我们，各自啧啧称叹：我认为，越是艰苦的环境，越是严苛的场景，越能锻炼人身人心，考验意志和韧性，展示雄性力量坚不可摧；阿碧认为，这是行为艺术，智超哥用独特的行为艺术让心仪的美女春心荡漾；阿秀认为，此举展示雄性魅力，在冰天雪地中雄起，向生活展示的就是不能就这样算了的精神！智超哥听毕，微微一笑，重新穿回上衣，淡淡回应："我是挑战一下自己对寒冷的极限，让白雪清洁一下我肮脏的灵魂……"原来此中有真意，非我等碌碌之辈所能理解的啊！

……

"热了睡不着，你不会脱了衣服睡啊？！"静寂里突然响起一句高声怒斥，再次震醒了智超哥。他努力撑开蒙眬的眼帘，只见那个脸蛋酷似柿饼的女孩正在训话。其余三个女孩闷不作声，乖乖地，脱得只剩下内衣，钻进被窝里，丝毫不顾及还有一个陌生男性在旁边。智超哥重重地叹了口气，合上眼，只希望这些活宝不要再折腾了，好歹让

他睡个一时半刻，睡得稍微安稳些。这个胖妹，看来是这个团队的带头大姐，像电影《功夫》里的包租婆。

又一次被吵醒！智超哥坐起身子，一看手表，凌晨四点多。正是酣睡的好时光，如今再被惊起，不禁厌恶地斜睨这几个魔女。此起彼伏的手机响声侵扰耳境，语音通话喋喋不休，女孩们精神抖擞、津津有味，丝毫没有消停的意思。四根香烟又同时被点上，烟雾又开始缭绕并增厚加深，弥漫四散，席卷全屋。睡意深沉的智超哥头重脚轻，只觉无边无际的聒噪，竟然听不清楚她们各自在聊些什么内容，为什么深更半夜竟然还有另外一拨人也不睡而乐于交连！

“这到底是些什么人？”他问自己。答案其实昭然若揭。困乏难当，睡意袭人，本想发作一番、指责一番，然而想着隐忍一时，一旦天亮即可解脱，于是懒得去理会、懒得去过问，权当是历劫、修炼心性。

四个正值美妙年华的女孩，大的不会超过二十岁，小的十七八，身容本应粉嫩清净、气息和畅，生活本应活力四射、阳光煦照，然而一个个无不脸抹厚粉、心地幽冥、行为乖张；漂泎如浮萍，苟且活着，不知身在何处，不知心如何安放，不知路在何方！此地此情此景，令人唏嘘，情何以堪？！世界之大，还有多少像这些女孩一样浪迹江湖、无技傍身、无家可栖、心灵无所慰藉、过一天算一天地潦倒活着的同龄人，他们（她们）未来的人生路在哪里、走向何方？

鲁迅说：“人一旦悟透了就会变得沉默，不是没有与人相处的能力，而是没有了逢场作戏的兴趣。”

人生没有谁比谁更容易，只有谁比谁更能熬。熬，是忍受物质的困顿，是忍受精神的折磨，是忍受灵魂的孤独。唯有忍受不断的煎熬，一次次受伤，为自己掌一盏灯，走出一个又一个黑暗隧道，才能看到精彩人生。熬其实也是一种生活态度，是一种人生境界。日子太苦，就应该用勤奋与拼搏，熬出甜味；生活太淡，就应该用积累与沉淀，熬出香味。当有一天你熬过去了，就会发现生活的考验，往往是命运的另一种成全。

那一夜，多么漫长、多么苦涩、多么凄清，智超哥想了很多很多……

四、厚积落叶听雨声

关于什么是文化，作家梁晓声概括为：根植于内心的修养；无须提醒的自觉；以约束为前提的自由；为别人着想的善良。

读大一时，英语老师夏纪梅在课堂上讲述一件小事。某天，她与朋友的小孩一起出门。孩子用了一张纸巾，发现周围没有垃圾箱可以丢入，于是，从在公共汽车里，到走在街道上，一路走，纸巾一直捏在手里，一直到了有垃圾箱的地方才扔弃！孩子的一举一动，夏老师都看在眼里，无言感动。

在这个喧嚣浮躁的世界里，对于成长着的孩子来说，如果真有什么不能输在起跑线上的话，不是一时骄人的学习成绩，不是揠苗助长式的违背规律的光芒，不是琴棋书画的等级证书，而是个人良好素养的积淀修成和本心的澄澈纯净，是自小养成的受益一生、享用一生的美好品行。

广州地铁里，一位男子

（肖树雄　作品）

边走进车厢边道歉声声，说自己个头太大，不好意思让大家难受了。地铁关门过程中，他用手稳住了旁边女士摇晃着的背包，防止背包被车门夹住而发生意外，一切很自然很随意。

如今，无论是繁华都市，还是村落郊野，社会的溃败、民众道德的滑坡和劣行的泛滥，随处可见，见怪不怪。

在藏地景区，碧绿草丛里，潺潺流水中，宽广大路边，时常可以发现游客随意丢弃的空瓶、塑料袋、食品等物，大煞美景。

郑哥说起两件事儿。

一次，在西藏一方宝相庄严处，一部豪车停放在显眼位置，衣着光鲜的男人、打扮入时的女人在车里快意进食，随手将水果皮、瓜子壳、塑料袋等垃圾丢出车外。郑哥忍无可忍，走到车边。

"你好，你们是哪里来的自驾游客呀？"郑哥问。

"那里（沿海著名大都市）呀！"车里人声气激越，神采飞扬。

“噢，好地方，大世界，富人多啊！不过，有个问题，你们在那个城市里，也像现在这样子乱扔垃圾的吗？”郑哥突然提高声调，旁人眼光齐刷刷投射过来。

车里突然沉默下来，车窗迅速被摇上。一会儿，趁着旁人没留意，车里人下来，迅速清除了垃圾，还一地清净。

另一件事儿。郑哥说他住酒店时都会特别谨慎使用房间里配备的电热壶。

“怕不干净不卫生，是吧？”我问。

“你猜猜，有人用电热壶干什么用？”郑哥问。

“煮鸡蛋，煮面条，煮土豆，然后没洗干净？”我应。

“你猜不出来的！”郑哥的笑意中含着喟叹、无奈和不可思议，这答案可能连他自己都不敢相信的吧。

“煲药，污垢重重，很脏？或者好久没用了，长虫子？或者要用的时候，打开壶盖，一只老鼠窜出来？”我苦苦思索着。

“煮内裤！有女人用壶煮自己的内裤！”郑哥一字一顿。

啊？啊！啊……

有这样的事，匪夷所思？！如果不是亲眼所见，郑哥也不会相信的吧。无法想象，无法形容，无法相信，无法理喻！

衣服上的污迹，有办法清洗干净；心地上的灵魂里的肮脏，怎么样才洗得干净？

* * *

作家孙未讲起一位记者的经历。

多年前，这位记者和同事们到一个偏僻而又封闭的村子拍摄电视片。村里没有地方洗澡，天气又很热。摄制组一个女孩子就穿着汗衫

短裤，到村外小河里洗澡。过了半晌，村干部慌慌张张来找摄制组，说出事了！

小河边密密层层围满了村民，几乎全村人都在那里了，都待在那里：从来没有看见女孩子在外面穿得那么少的！

那个女孩子给这个大场面吓坏了，泡在河里，不敢上来。

村干部说，你们赶紧把这个女孩子弄走吧，这都乱套了。

若干年后，这个村成了旅游区的一部分，大变样，新修了房子和公路，餐厅、商店、发廊、旅馆等都有了。

记者又回去那里，还是那几个村干部招待他们。晚饭后，村干部问，要不要搞一些特殊服务？村子里从事这些服务的女孩子不下几十个。原本淳朴之地，几年后就大变样。

2018年9月，超强台风“山竹”袭击广东，我们发自内心地佩服并赞叹那些忠诚履职、不惧危险“逆风而行”的人，同时看到一些令人摇头的事实。台风过后的9月17日上午，珠三角某发达城市安置点的工作人员惊奇地发现，安置点的被子、枕头、枕套等公共物品，竟然被顺走了一半，连床垫都不见了一张！那晚暂住此地的人们，基本上属于已经富裕起来的。所以，“仓廪实”的人不一定“知礼节”！

* * *

钱学森先生说：“经济不如人，使把劲一二十年就可以追上去。要是社会风气败坏了，几辈人都难以修复，都难以重塑人心。”

莫言说：“人并没有多少本质的差别，但在一个特定的历史环境下，每个人都有可能是罪犯。人要认识到自己灵魂深处的阴暗面，认识到自己的多面性，才可能产生真正意义上的谅解和宽容。”

五、刀哥印象

“我叫一刀
是个很执着的盲动
我叫一刀
是个爱恨的释放与痛的回忆爆发……”
……
“我爱西藏的山山水水
是西藏治愈了我的严重抑郁！
我根本就没服用抗精神类药物
我投奔了荒野　隔绝了我的以前

向死而生！

感谢我大华夏　还有个叫西藏的地方！！！”

* * *

认识刀哥纯属偶然，就如他对我说的：“我俩是不期而遇的哦！”对的对的，那天上午我路过达拉岗布神山，下车停息闲步。一辆窗户紧闭的深圳牌照越野车引起了我的注意，有个家伙闲散在车里睡觉。乍见之下，怕他有个闪失，我的同伴敲响了车窗，就此结识！

隔着车窗攀谈，他滔滔不绝，我们静立默听。

刀哥说：他停车守候在此多时，就为了拍摄某一时刻某一场景下神山的情状。已经独自流浪西藏六年了，一个人一辆车，独走天

（郑广卫　作品）

下，中间回去深圳考了无人机驾驶证。曾经是深圳市的主刀医生，因为患上严重的抑郁症，抛离了原来的生活时空和生活模式，来到了西藏，对人生、对生活、对藏地宗教及人文进行长时间的田野考察和个性思索。人处于极度孤独时的状态，是难以通过想象来认识的。如果全身心投入，你会变成另外一个人，请记住我说的这话。你要独自面对茫茫荒野，你要具备专业生存技能，你要克服孤独、恐惧、寒冷，要面对很多困难；你要不停地学习、尝试，要自己承受失败带来的痛……最后，你的内心会强大到惊人！换一个角度，我的内心世界是丰富的，只是独处，并不孤独，我只是与大自然和谐共处。曾经在一个牧场待了一个月，和一个牧人共处，品味他的生活，思考人与自然的结构关系及共存状态。我在阿里看到，一个牧民拥有八百多头牦牛，每年自己吃一头、卖两头，就可以过活；牧民把牛当宠物来养，觉得牛是生灵，需要好好对待；一头牦牛值一两万块啊！人可以没有信仰，但对天地、自然与宇宙，要懂得敬畏与尊重！

初次认识，刀哥就侃侃而谈，好像面对的是老友。谈弗洛伊德，谈宗教与生活的关系，谈心理学。听到我曾经两次到达察隅，他的眼里泛出光来，说准备拍摄一部反映察隅旧时大地震的纪录片，唤醒一段久眠的不为人知的惨痛历史。

尼采说，更高的哲人独处着，不是他们享受孤独，而是在他们身边找不到同类。我小时候患过自闭症，也可以说是抑郁症；两年时间的抑郁，自知自觉自明，用了十多年时间才基本解脱，才脱茧成蝶。所以，我懂得抑郁人士无奈、痛苦而又独特的内心世界，能够感知刀哥的思维及眼界。他的肚子里都是故事，人生经历独有其道，非庸人所能知所能解……

因为我们还要赶路，匆匆作别，相约后会有期。

* * *

一年后，在林芝和刀哥重逢。桃花盛开时节，聚会于桃花山庄。依然是原来的节奏，他主讲，倾情述说在藏地的经历与思索，我们默然而听，沉浸其中。

前段时间，刀哥在林芝、山南、日喀则等地跑了五个多月，大多数时间是停在一个熟悉和看好的地区等待拍摄的。等待并不是完全静

（一刀　作品）

定的，其间经历了许多事情。

某天，在阿里，刀哥和朋友驾车经过某地，突然一辆摩托横过马路飞驰而至，躲闪不及，两车相撞，骑摩托的年轻人重伤。处理事故的交警认定年轻人负全责，指示刀哥他们离开现场，不必理会。后来，闻悉年轻人伤重不治，刀哥心中不安，特意和朋友带上几万元，寻到事主家里，表示慰问。年轻人的父亲豁达乐观，不怪责，不怨恨，热情相迎，招待用饭，而且分文不取，坦荡表示：儿子意外离世，纯属命定和天意，希望刀哥他们不必愧疚于心……

* * *

刀哥痴迷摄影，孤身跑遍西藏险峻之地，有时是冒险之旅，历经荒野求生的艰难和幸运，不仅得到了称心如意的精妙相片，视角独特而富有内涵，更是在拍摄过程中收获了对摄影、对艺术、对人生的诸多深刻的独得的思索。他认为，艺术是感性思维方式，带有夸张的主

（一刀　作品）

观想法，需要通过自我的表达方式予以传递，由此形成音乐、歌舞、诗歌、绘画、摄影、剧作等载体，表达人们的万千思绪和微妙情感。艺术是什么？艺术是一种创造力。所以当你很专情地投入某种艺术领域时，就会逐渐形成入戏的习惯，如同进入角色扮演一样。对于摄影来说，现代的拍摄，其实是理解；拍摄只是行为，而理解才是智慧的开始。西藏风光不是没得拍了，而是懂拍摄的人越来越多了，大家的拍摄水准差不多；接下来的关键，是思考方式。富兰克借美国女作家弗利纳利·奥康纳之口说："我主张所有种类的真实、你的真实和所有其他人的真实都是有的，但在所有这些真实的背后，却只有一个真实，那就是根本没有真实。"

对于拍摄，刀哥曾经畅谈了体会，认为最方便使用的拍摄器材全是好器材，好的拍摄习惯和好的驾车习惯是一样的。构图、结构和氛围，对于拍摄者来说，同等重要。比如构图方面，构图是绘画的概念，摄影传承了绘画艺术的启迪与延续，但摄影并不只是拿构图去说明问题的，所以在摄影时他非常在乎图片结构而不是构图！比如结构方面，图片的拍摄结果，一旦纳入了整体结构去思考，那对于他来说，要等待的机会是一种图片整体的氛围，有时空感和艺术感同时存在。至于氛围，氛围在摄影里是最难掌控的，氛围按照中国话来说是气场存在……

《牧羊女》相片是刀哥非常自赏的得意之作。他从特别的角度作了专业的精妙的阐释：“这里方圆几十公里基本没人烟，自然气候条件非常恶劣，遇到的人都是散在的牧民。他们一生都在这里放牧。图片有两种光源，背光是帐篷的门透过的阳光，顺光是火塘里的火苗，气温非常低。图片主要突出表达牧羊女的双手，指关节已经变形。这种医学上叫类风湿关节病，属于链球菌感染后没有得到控制，反复发生指关节炎所导致。早期如果使用青霉素治疗，就不会这个样子。还是缺医少药，医疗普及真差得远！类风湿是牧区常见的一种疾病。这些牧人生命力太强悍了！这种关节炎痛起来是很难忍受的，难以想象她是怎么忍过来这种反复发作的痛苦……”

六、藏地自驾须三思

我站在石锅鸡店门口抽烟，同伴们在里面张罗饭食。四月午间的鲁朗，阳光下烈日晃眼，屋檐下凉风习习。

两位年轻貌美的女子各自拖着一个行李箱，风尘仆仆，进入店中，选择靠窗一隅位置坐下来，面有愁容，身带落寞。

这一异常情景，引起我的注意。须知来来往往鲁朗的行客，大多只将此处作为途经之地，歇食休息，特别是中午时分。在藏地，汽车是主要交通工具，歇食时候，行李箱无须随身携带。徒步者或者摩托车骑手，不会选择柜式行李箱作为出行之物。

我走入店中，石锅鸡美味飘扬。店中开锅只有三两桌，同伴们也留意到了拖箱女士，正在议论中。久历藏地的智超哥提议问询一番，探察究竟，看看女士是不是遭遇难事。阿秀自告奋勇，波哥随行前去。果然，不出所料，她们确实碰到麻烦了。

来自深圳的两位女士，小许和小高，结伴行走西藏，在拉萨租车，一路自驾，奔赴鲁朗。都是老司机了，也不是初次进藏，自觉驾驶从容，一路顺风。只是临近鲁朗，又是夜行，一出隧道，无缘无故地车子突然失控，撞向路边。好在车子受损，人身无事；好在路边是山体，车子遇阻而止，如果是反方向路段，路边即是悬崖！好险好险，惊出一身冷汗，暗自庆幸。报了警，处理事故完毕，无车可用，只能拖着行李走路，心有余悸，游兴全无。

原来如此！藏地自驾遇险，事故突发，时常有之。藏地自驾，情状迥异于内地，隐患与危险常不在明处，而在暗处，在不易察觉处，

（孔繁煜　作品）

在精神放松处，在大道好行处。接近林芝市区那个拐弯路段的急流湍河里，多少老司机一时大意，车翻人亡，长眠于斯。

这次和智超哥、碧哥、波哥及阿秀到西藏，感受人间四月天的醉美林芝。林芝低平处，桃花盛开，雪山作衬，清水泛流，在在处处，皆为好景。人们普遍认为西藏最美的季节在七八月，因为天时宜人，又有松茸等应时之食。我的看法不同，西藏的好时光，是在三四月、在秋冬季。四时皆有美景，人各有好，各有选取，各得其宜，都是为了赢得、焕发、增厚快乐的心。心态稳实，心境爽朗，就是一片寻常落叶，也可细品其味，一叶而知秋，一叶见大世界。

虽然已是四月，然而藏地海拔稍高之处，大雪依然纷飞，寒意袭人。就在三天前，暴雪倾下，色季拉山白茫茫，车流困顿，寸步难行。我们隔一天后从林芝往鲁朗，一路迎雪，雪凝林木，玉洁冰清。走不多久，停步不前。小车大车都停下来，司机给车子挂上防滑链，以防意外。前往鲁朗，尽是山路，弯多且险，险象环生，恶劣天气下驾车尤其需要时时在意、步步小心，意外就是在一时疏忽处发生的。

* * *

西藏之路，风景载途，独有妙趣。风景在路上、在途中、在人心里、在不经意间，正因如此，很多人喜欢自驾，随时随地随愿，游步天地间。对于喜爱开车、享受驾驶乐趣人士，更是快意。

然而，对于不了解不熟悉西藏天时、地理、人文的人士，藏地自驾须三思。快意之时，可能隐患相伴，危险在身边，不可不三思而后行。

其一，路险。就拿林芝到鲁朗之间来说，为连绵山路，盘旋曲折，路窄车多，大车多、货车多；路侧一边是山体，一边是悬崖；雨雪常有，湿气弥漫。路上常有缓缓而行的朝圣者，有负重而行的骑单车人。自驾过程中需要时时注意路况，注意避让，耗神耗心。藏地地形复杂，地质灾害多，滚石、滑坡、雪崩、泥石流等灾害，说来就来，难以预测，闪避不易。特别是到墨脱、察隅等地，更是步步惊心。深圳美女驾车出事，自己一直不明其因。我看不难分析而知悉，原本就驾驶疲劳而不自知，绵长隧道中尚有灯光照映，一出隧道，突然天黑地黑，微弱车灯难以照亮照远，一时精神恍惚，突遇急弯或者反向车子投射灼眼远光灯等，反应不过来，操控失当，车子就失控了。

其二，路患。夏天的西藏，虽是雨季时候，不过霎时雨霎时晴，阳光灿然，路面明朗。春秋冬三季（这是内陆说法的区分，西藏其实

只有冬季和大约在冬季两种天时），西藏路面容易结冰，尤其是山地区域，明冰易见，暗冰难防。不熟悉路况的自驾人士，往往到了发现时候，反应已经不及。特别是暗冰路段，明明一马平川的好路，突然车子就打滑失控，酿成事故。即使是当地老司机，冬季因猝不及防或者操作不当，致使翻车或者滑入河流的事，屡见不鲜。

另外一种情况，就是牲畜“横行霸道”。林芝地区，放养的牛马和藏香猪，随处可见。牛马身躯较大，性情温和，行走悠慢，即使穿行道路，不难闪避。可是藏香猪就调皮了，大猪还好，小猪们哼哼唧唧，滑溜溜乱走，不遵守“交通规则”，逆行、横蹿，有时还转圈变道，奔跑的时候还突然急停；捣蛋之时，小眼神瞅车瞅人：你奈我何？令人无可奈何之时忍俊不禁。

其三，高反。行走稻城，极易引致高反，中招的人苦不堪言，据说头痛欲裂、生不如死。自驾人士如果是初次入藏，自恃驾龄久长或者身体健壮，贸然而进，行走山地时如果出现高反，轻微之时尚可及时处置，如果是急骤而至的，情急之下不能停稳车子，极易出事。又或者处于高反状态，头昏脑涨、两脚轻浮的情况下依然坚持开车，不自量力的话，那就危机四伏了。

其四，懈怠。疲劳和懈怠相伴相随。在藏区道路上，往往可以见到平坦处或者视野开阔处，车子倾覆，明明路很好走的啊！有一次，

（孔繁煜　作品）

（孔繁煜　作品）

在快要到达稻城的路况甚好地方，一部小车一头扎进路边沟渠里，一时看不懂怎么会这样子。久历藏地的朋友说：不奇怪，出事前的路难走，司机一直用心专注，反而没事，不过很耗神，一直处于疲劳驾驶状态！到了这个地段，路好走了，也快接近目的地了，一时放松，一个疏忽和懈怠，就出事了。

其五，限速。限速，依我的经历，在朗县地盘最为严格，也有些离谱。受制于路况，安全起见，除了高速公路，藏地很难高速行驶。在朗县地域，虽然山路多，但是限速更多的是人为设障。明明很好走的路，走的都是好车，以前限速是40公里，不知道现在放宽了没有。所以，从林芝往朗县，200多公里的路程，不得不走上五六个小时，中间要歇息吃午饭。

自驾难走，那怎么办？也很简单，可找熟悉藏地环境的老司机一路同行。西藏的通行做法，是租车的同时可以“租”司机，费用合理。这些老师傅行遍全藏，路况熟，性情好，驾驶技术高超，可靠稳当。熟悉当地风土人情，哪里好玩哪里有趣哪里独有风情，尽知之；而且肚子里都是故事，引人入胜。路上有什么事情，老师傅懂藏语懂规矩，排忧解难，一路通畅。我就是这么办的，把师傅当朋友，真诚相待，一路同行同宿同吃。离开西藏后，保持联系，成为好友，多么舒心快意的缘分啊！

* * *

急难相扶，人之本分，也是缘分的天空。智超哥决定邀请两位美女同行，解其烦忧，我们一致附议。大家都来自广东，更多了一份亲密感。于是，接下来我们的行程中，多了许多故事和乐趣。

在西藏，不知道是雪域纯净宁和，还是佛音润泽四方，人与人之间的心理距离很近，彼此坦诚率真。游客之间互帮互助是恒常之事，沿途顺便招引路边扬手的行人上车也很普遍，与人为善，举手之劳。不像在内地俗世，人与人之间互相戒备互相防范，无形的喧嚣的压力无所不在，活得累，活得无奈。

旅行不能改变世界，不过可以改变看世界的眼光和心量。随心随性随缘，能够遇见自己的平常心，和自己和谐共处，这或许是西藏的魅力所在吧。

是的，闲来一杯茶，足以慰风尘……

远方有你

一、缘起

在藏地行走次数多了，时间长了，特别是一个人出行，晓子[①]已经不刻意去做攻略，大致有个思路和想法，就出发，慢悠悠地晃荡，把自己融于天地间，得获随心所欲的快感和惬意。旅行的目的，不是来过了，而在于游兴，在于心情，在于感触、感知和感悟，在于生命的体验，在无意无言中。

珠拉，是晓子要好的藏族朋友。上次见面时，珠拉正准备带队到朗县的西日卡村扶贫，驻村三年。晓子和珠拉说好了，一定会去村里看望他。2018年的夏天，晓子应约而至，在朗县逗留了五六天，据说创下了旅行者在当地住宿的最长纪录。西日卡村，在深山里，在边疆上，云深难知处。

趁着大把时间可以浪掷，晓子打算到朗县附近的拉姆拉错和巴尔曲德寺走走。准备先到拉姆拉错，隔天再到巴寺。因了一个不可思议

① 作者自称。

的梦，醒来后就果断决定调整次序，先去巴寺，后去拉姆拉错。不要问为什么，晓子也不知道为什么，就是觉得这样子才是妥帖的。

梦境里，晓子蜷在一个四方形的类似猪圈的角落里，头顶是苍茫虚空。粗糙的黄泥地面，黄泥巴砌成的围墙，远处一个缺口，算是门吧。屋内清明，门外浓雾弥漫。晓子不知身在何处，迷惘中站立起来，四周打量。除了墙壁边有一排圆滚滚的貌似土坯质地的瓦罐外，屋里空无他物。其时，两个瓦罐突然自己揭开了半边盖子，令人嘴馋的类似卤肉气味立即飘扬弥漫。瓦罐无火自旺，热汤沸腾，貌似煎煮着整只卤鹅。垂涎三尺的晓子愣呆，正在低头琢磨该不该下手动口这天赐之物的时候，一个沉甸甸的布袋突然在眼前晃动。抬头一看，一个熟人出现在眼前，满脸堆笑，狡黠的眼神，示意袋里有好东西，要晓子赶紧去接去拿。接二连三的奇幻场景，晓子茫然无措，不知如何是好。正犹豫着，门外仄进一个身影，竟然是母亲。几乎同时，熟人连同布袋突然消失无踪。晓子欣喜迎上前去，接应来自天堂的母亲；母亲一脸光明，静立含笑，亲善温暖，示意儿子跟着她走出去。晓子行走几步，恋恋不舍地回顾依然沸腾着的瓦罐美食。“赶紧离开！里面的东西不能吃的。刚才的和现在的景象，都是虚幻，都是诱惑！”母亲通过心念传送，晓子依顺听从。母亲前行，晓子亦步亦趋，进入了一间有屋顶而无窗户的四方形屋子，无灯而自明，貌似被白色蚊帐罩得严严实实的一个床铺连接着两个直通的没有门板的门。蚊帐里依稀好像有个人躺着。晓子随即听到蚊帐里有人轻柔呼他小名，不由停住脚步，有人影从蚊帐里爬起来并揭开蚊帐，原来是儿时玩伴！玩伴满脸堆笑地示意晓子进蚊帐里睡睡，床上没有枕头也没有被单，也无他物。好久没见的玩伴不期而现，晓子开心起来，正准备坐上床去说话的时候，正在穿越屋子的母亲头也不回地传过话来：“快走，快离开，他已经去世好久了！”晓子想起来，他确实已经去世好些年了，而且还早过母亲过世时间，不由得心里一紧，赶紧逃离。走出屋子，门外即是广阔原野，天高云淡，母亲消失于天地间……

* * *

阳光灿烂的日子里，瞻礼依山而起的巴尔曲德寺（朋仁曲德寺）。拥有国家非物质历史遗产的巴寺宝相庄严、圣洁宁静，诸佛圣众威光赫奕、悦豫清净，喇嘛从容有情、身心柔软。借此机缘，晓子祈愿大道坦荡、民众平安，祈愿母亲在天之灵顺适安康……

（从西藏回返后，晓子把西藏朋友相赠而久藏于书房的牛皮唐卡展开细看，白度母手持莲花，形象端严，低首含笑。唐卡显眼处描画的众多类似瓦罐的物件，正与梦中之物形状相同。巴寺供奉的诸佛菩萨圣众中，观世音菩萨为主尊，度母是观世音菩萨的化身。联想登湖经历的奇遇，一切皆是因缘和合，微妙而不可思议……）

二、拉姆拉错的神奇与传说

次日，晓子和郑哥两人一起，驾车先西后北，慢悠悠向拉姆拉错走去，一路景色新润可人。

拉姆拉错位于西藏自治区东南部、山南地区东北部，在加查县曲科杰丛山之中，西藏最具传奇色彩的湖泊。“拉姆”意为仙女、女神，“拉”意为湖面，“拉姆拉错”藏语意为“吉祥天姆湖”“圣姆湖”。湖面海拔5300米，形似一个葫芦，两头圆中间稍细，面积2平方公里左右。藏传佛教中，拉姆拉错是吉祥天母班丹拉姆的头颅所化，也是天母灵魂凭依之处。一年里长达七个月处于结冰期，湖面解冻之后，时而风平浪静、水清如镜，时而无风起浪、彤云密布，不时发出奇特声响，显现奇妙景象。500多年前，二世达赖喇嘛根敦嘉措在一次夏秋的

传经途中发现了这一泓高山之巅的清净，见到湖面宛如颅骨，湖水瞬息万变，湖中和周围群山不时传来古怪声响。于神圣体验和内心震撼的驱动下，根敦嘉措在此地创建了曲科杰寺，每年夏秋前来修行；圆寂后为他建造的拉萨哲蚌寺灵塔，仍然面向着神圣的拉姆拉错。

从朗县到拉姆拉错，起伏不平的山路连贯，车子在巍巍高山与滔滔河流间穿行。高山在上，体格伟岸，车子卑微地在它的脚下爬走；雅江在下，波涛滚滚，浊浪泛沫。

车过巴尔曲德寺，高山直削挺立，直指云天。巨硕山体了无草木，砾石覆盖，土质疏松。山脚虽有水泥护坡撑扶，然而只要风吹雨淋和轻微地震，沙土迅即倾泻而下，掩埋道路，淤积河流。然而舍此之外，别无地方可以开路通行。山坡接近路面处，一座接一座的袖珍庙宇里小小的山神从容端坐，靠山面河，若有所思。

一根接一根长长的圆柱木横躺山坡，这就是硅化木了。岁月沧桑，天地变幻，它们的存在，印证此处原是茂密森林。“以前这个地方到处都是这种木头，后来政府把好多这种木头都挪到博物馆里面去了，现在

只是零星的存在。”郑哥笑呵呵说。他跑遍了藏地，见识广博，肚子里都是故事。

正在修建中的拉林铁路和辛苦忙碌中的工人身影时时扑面而来，在河流边，在高山上。昨日在巴尔曲德寺，居高临下，俯瞰已见雏形的拉林铁路穿山越岭而来，开天辟地，勇往直前，势不可当地穿越开阔广大的河谷沙滩，义无反顾地扎进奔涌的雅鲁藏布江中，稳立丰收在望泛黄泛绿的青稞地，白色的、粗壮的桥墩烈日下雄姿毕现！拉林铁路将是西藏境内首条电气化铁路，连接拉萨和林芝两地。铁路沿线是我国地壳运动最强烈地区之一。高烈度地震，地质断裂，高地应力，高地热力，高密卵石层，高地质灾害，规模宏大、暴发频繁的冰川泥石流以及隧道供氧难等，是拉林铁路建设正被克服着的诸多难题。另外，有的地带如拉林铁路绒乡特大桥项目，桩基的设计长度大，松散易塌的沙砾土覆盖层厚达30多米，最深的桩基钻孔深达90多米，施工困难非常大，只要任何一个工序连接不畅就会发生塌孔、卡钻等事故！同时，拉林铁路沿着雅鲁藏布江一侧修建，为了避免对沿途的寺庙、文物和村庄的破坏，选择了绕道，为此将跨越雅鲁藏布江16次！壮哉美哉，神奇的天路翻山越

岭，滔滔两岸潮，向铁路设计者和施工者们致敬！

美景和风情载途载道，目不暇接，怡人身心！

冲康庄园周围的千年核桃树林枝繁叶茂、遮天蔽日，六七个成年人手牵手方可合抱的树干，旧年落叶已然化为泥土沉积。树荫下凉风习习，果实大又多。这既是自然的伟力展现，也是人间善良的扶持，所以核桃树有情来答，欣欣向荣。这里，是十三世达赖喇嘛的出生地，庄园犹在，遗迹可寻。

达拉岗布神山傲然屹立，和周围以浅淡草甸为表征、以砾石和泥土为内里的山体不同，通体石质，压服身前两座矮山并借势挺起。山顶处巨石分开成条状而各具形态，直指云天。白云或缭绕或飘移或散开或聚合，渲染得石头静中见动，动中见静。左边，一处石体酷似猴子，猴子左手努力伸向对面山头的鲜美仙桃；一朵石莲花于云雾弥漫中，若隐若现，慢慢绽开。右边，一只巨大的斑点蛙趴在巨型的蟒蛇身上，惟妙惟肖的蛇头惬意地闭目倚靠在棱皮龟上，不堪重负的棱皮龟将压力传导到前面的癞蛤蟆身上，癞蛤蟆被挤压得两眼发晕、脸色发青……

三、遇见莲花生大师修行处

到达山南地界，路旁老树高大条畅，叶绿果丰。

山南与朗县的地形地势地貌迥然不同。朗县的山体直耸险峻，陡峭难上。山南的坡度平缓，草甸绿葱，有如巨型多足爬行动物平躺在地，一条条肥硕的山脊像极人参的多条须足垂落在地。

顺江走，傍山行，转过一个急弯，前面突然出现高山，堵住前路；

江水不再直流，回旋迂回，浊水迷蒙。

“这个地方不寻常！”郑哥提醒晓子。

有什么不寻常的？山体覆盖清浅植被，疏草努力牵挽稀松土质。山肌松软，未见石头裸露，山脚下、河流边的一角地方，却堆积横陈遍地巨石，错落有致。金碧辉煌的小佛塔立在石堆最高处，醒目昭然。

“无端地怎么会有这些大石头，从哪里来？”晓子疑问。

“有个说法，以前这里发生过地震。山肚子里的大石头被震出来并滚落、集聚到这个地方。然后不知道经过多少年，风力将远方泥土吹送到此，积存，山体恢复原型，因此表面上看不出这山的肚子里有大石头的存在。”郑哥说。

前方道路就隐在石堆缝隙里，一线窄径。停车浏览，石堆场景不同寻常，某种幽幽的、独特

的气息积聚其间并向外流散。道路左边，彩幡飘扬，一块大石头形如乌龟，伸头露颈，状若沉思；一块突起的长条石酷似鳖头，趾高气扬，两相映照，颇为有趣。道路右边，小小的庙宇香烟腾腾，供奉的应是山神。一块表面光滑的巨石上镌刻藏文，红色蓝字，灿然闪亮，翻译成汉语，分明就是“嗡阿吽拔杂热古鲁班玛期谛吽”，莲花生大土咒！巨石顶端小型卵形石一字排开，一块石头印刻一个藏文，以蓝色调料书写，如果没有看错的话，汉译为“嗡班玛拔杂热吽”，也是莲花生大土咒！巨石旁边一块大石形似女性私处，以白色哈达和刻字石板盖住洞口。一切都透出神秘之相，隐隐有非凡之态。果然，走近一看，在庙宇和石头内侧，露出幽深洞口，简朴的门楼上了大锁，洞口竖立着一块藏汉两种文字表述的牌子，上书“莲花生大师制伏罗刹魔女修行洞”。哦，原来如此！宗教圣迹“古如日追”，不期而遇！竟然就在路边，竟然就在此处，竟然如此低调。

四处清寂，轻风拂送，江水静音。洞口大石印刻一个硕大脚印，清晰入深。今人以黄色调料，勾勒出了脚印轮廓。晓子以鞋比较，脚印足有鞋子的两倍半长，鞋深埋没脚踝！呵呵，又是一处“神迹”，应该是莲花生大师的杰作。因为这鞋印和喇嘛岭寺供奉的两个石鞋印，如出一辙！

一位衣着朴素的年轻尼姑悄然而至，点头致意，以手作示，邀请入内。洞门开启，石块铺就的通道现前，巨石覆盖作顶。不远处，通道拐弯不见，隐入黑暗，俨然洞里有洞，别有生天。洞内洞外两重天，晓子刚踏上通道，阴寒之气随即扑面袭来，不禁一怔一颤。因了潮湿之故，地板泛滑，只可浅走慢行。尼姑前头引路，不紧不慢，不言不语，待进到宽敞处，站立一旁，低首默然。

过了通道上石阶，两块耸立巨石偎依交接形成三角形空间，下面的小块平坦处摆放供奉神灵塑像的藏式木匣。正中供奉的金色塑像身着盛装，端坐平视，眼光如炬，直射洞口方向。莲花生大师！晓子想起大师“如我一般”的话语，脑中泛出一位十七八岁

的留着山羊须青年翩翩骑着白马的形象来。紧挨着大师的塑像，是白度母，端容整肃，威仪凛凛。供桌上，香烛荧荧，食子盏盏，虔心诚诚。

莲花生大师示现时代为公元八世纪，相传为古代印度乌仗那国人，名号响彻雪域。作为密宗大成就者，为藏传佛教的弘扬做出重大贡献，在高原享有无比崇高的地位，为后人所崇敬和膜拜，被尊称为乌仗那仁波切。

* * *

越走进，越觉山洞幽深阴寒。小地方透现大世界。自然天成的厅堂，整片巨石为基座，石顶石壁石地。一条长绳穿行墙壁前，系串一列唐卡。有的唐卡可能年代久远的缘故，表层灰黑；有的依然清洁灿然，意韵流动。一幅唐卡，绘就一位主角神灵或宗教人物，讲述一段典故。唐卡构图严谨、画技精工、线条流畅、用色用料考究，意境幽远。唐卡前面，依次摆放木匣，敬奉供品。石窟清冷，厅洞静寂，人久立默想，忽觉神思缥缈，身子好像幻化无形，快要消散并融进这个“莫名其妙”的时空。

这厢观瞻行礼完毕，即往内里移步。脚步轻忽，恐惊洞里神灵。行至石窟高处，一盏油灯跃动着橘红色光芒，映照石阶逐级向上递进入深，不能一眼窥见尽头。一个铜盆稳在地上，承接天上垂落冷水。一滴水坠进去，一点清脆响声随起，由近传远。洞里有洞，大洞连接着更深处的个个小洞。此处顶部却有空隙，漏下灼然耀眼的光线，照得地上一片光芒，更衬托得密布四周的小洞的幽微玄秘。白色哈达蒙盖的隆起土堆，有貌似刻着藏文又像是符号的红底黄纹石质碎片，有小小的神色俨然的山神塑像。地面中央内陷，池中无水。白色哈达蒙盖的隆起土堆后面，有内陷的狭窄通道，深不可测。此处气息与前面大厅相比，即使有阳光透入，却更觉寒气袭人，侵蚀肌骨。晓子的眼光往洞内扫视时，仿觉同时有好多眼睛隐于洞里，正一齐盯紧着他！不敢冒犯，不可造次，这股气息、这份逼视逼迫着晓子的脚步不由自主地后移，诺诺而退。

屏神定息，晓子和郑哥回到前厅。一条长凳上井然陈放着佛珠、饰品等物件，特别是几粒绿松石灿然夺目。不知是供品，还是他用，问静立多时的尼姑，可否将绿松石惠赐？“这个，我不敢做主，我问问师父去。”尼姑应。一会儿，一位中年尊者缓步而来，沉稳恬淡，眼睛如冰雪般明亮，眼神如湖水般澄澈。她凝眸了晓子一番，点头应承。晓子欢天喜地，心仪之物是有缘的馈赠，感恩感恩……

待晓子和郑哥踏出洞口，尊者即将大门锁上。以一扇门为因缘，隔绝了两个世界。

* * *

洞口多了一辆旅行车，一个独行人。装备齐全、外表威武的深圳牌照大车，三十多岁的独驾者散发自由自在气息，正在驻足观望。他说，已经在西藏独自行走了一个多月，再过几天就回去了；未来还会坚持这种独享其味的旅行，因为某种追求而执着，而钟情于一个人的内心和享受，陶醉着大千世界的丰富和深远……

进藏的方式多种，这位老兄属于豪华派。令人钦佩的方式，是骑行，骑着单车或驾驶摩托车，因为某种情愫的执着，独自游行苍茫天地间，不惧风尘不惧霜。晓子忖思着，抬头就看见前路上，就有一位女子，正骑着单车奋力行进。

“最好不相见，不相见就不会相恋。”梅里，一位老师，一位俗人，用仓央嘉措的话语来道明他第一次骑单车到达西藏后的心情。新藏线2600公里，他从新疆叶城出发，骑行30来天，到达拉萨，一个人的浩浩荡荡！途中，挺过了严重的高原反应，经历了暴风雪，经受了太阳暴晒，被狗撵过，被病痛折磨过，忍受着从头到脚的疼，有过放弃的念头并为之抓狂，还有按下葫芦浮起瓢的孤独和寂寞，自然也领略了沿路的美妙美好，独得其乐，终于进入新藏线上的涅槃境界。他说得真切：进藏的方式，选择了骑行就选择了孤独；不要指望西藏能拯救你的孤独，正是西藏让你更加孤独。骑行西藏的路上，常常处于无人区，前不着村后不着店。当这个辽阔的天地只剩下你和你的单车，当周围安静到只听得到自己粗重的呼吸，当天越来越蓝，云越来越高，不由你不感到孤独，甚至会可怜起自己。

如此辛苦，如此难挨，如此危险，为什么骑手们还是乐此不疲呢？骑友苫布说：“我们总想通过自己去理解世界，后来才发现，我们是透过世界，看到自己，理解自己，然后去谅解所有的不理解。”骑友明日复明日说：“生命不过三万天，转眼就是一辈子。我们往往沉醉在现实世界里无法自拔，趁年轻追逐一下自己微不足道的梦想，你会发现不一样的你。”还有人说：“人的一生至少要有两次冲动，一次奋不顾身的爱情，一次说走就走的旅行。”梅里这么认为：“吃过最美的食物，遇见最香艳的爱情，生命中有过激越高潮，钝感也会越来越重，之后就更不容易找到伴儿。这是规律，其他可以类推。如果你这一生，遇见过让你失态的人、失态的事，就庆幸吧。因为很多人，没有失态、没有怒放就凋零了。”

是啊，不怕路长，就怕心老；岁月可以老，心态常青！

四、天地有大美而不言

晓子和郑哥继续前行，慢悠悠。

雅鲁藏布江一路伴着，不离不弃。雅江悠远绵长，朗县、加查县内的江景江情与在墨脱县的形态迥异，同一条河呈现多种相貌与风情。无论是在朗县还是在加查县，雅江水泛黄，混浊，低沉，时而缓缓前流，时而原地打转，好似负重而行，心事重重。此段路程近江处，沿途山体几乎全是松脆裸砾石砂土，只有稀疏矮草生长，因而江水浸染之下，顺走的全是黄黑色泥土，一半是水、一半是土，于是山水一色。不知情者，以为身临黄河之地了。墨脱县内的雅江，从茂密的森林中走来，水质清晰，水势湍急，水味清甜，因历经陡峭山地，有了落差，而造就了瀑布急流之美丽，更在谷底处借助了地形、阳光之力，酝酿成就了墨脱的神雾仙境，闻名遐迩，雄奇壮丽！一条河呈现不同风貌，清浊集于一身，历经沧桑自多情。

林芝境内的尼洋河，连贯一致，呈现了柔美婉丽的特色。不同河流虽是天造地设，却是各有魂魄。尼洋河流经区域大多山林茂密、植被厚实，到了林芝市区之后地势平坦，河面开阔，水流变缓，质地清晰，水草丰美，天蓝山青水碧，两岸绿意盎然而繁花似锦，景致悠然。阳光朗照处焕然泛金，背阴处低吟浅唱，半阳半阴处犹如半抱琵琶半掩脸的腼腆少女。直流时一线跃进，欢声笑语；缓步时身段绰约，婀娜多姿，若有所思。真真的秀色可餐！

河情河色不同，造就了河中鱼的区分。据说朗县境内的雅江段产一种类似塘虱的大鱼，有触须，类似鲤鱼不是鲤鱼，皮厚，肉质粗糙。而墨脱境内的雅江段的鱼则皮薄而肉嫩，鲜美可口。真的是一方水土养一方鱼。

无论浊清，不分高低，一切皆是自然之赐，各有其美。

* * *

越往前走，景色越发清朗，大树耸立，林荫茂密，人烟渐少，旷

野幽远，清新的空气蕴含着丝丝甜意，沁人心脾。人往上走，水往下流，青山两面开。路边、山脚，奔涌的水流一往无前，碰撞大石而激发，涛声洪亮，水浪急骤溅飞如同夜空中瞬时爆裂而开的烟花，跌落

水面后化作一簇簇旋转内切的堆叠累积的圆珠子，被后面的急流推搡着向前冲去。正是“触石沧沧喷碎玉，回湍渺渺漩涡圆”的形态和妙处。

往前走一步，溪水之势就弱一分，水面就开阔一分。勇立水中央的大石不复见，个体越来越小的石块散在水边，于是水声不再喧哗，水势不复激越，乳白色的清水拐弯抹角地从一泓绿色中来，从无水处来。随着前面左右两座身披绿装的高山分开来，就到了“拉姆拉错第一门”了，意味着即将进入拉姆拉错湿地公园。

进入“门内”，绕过一座山，景象豁然开朗，高山远遁，一泓碧波入眼帘。地势平缓，山间一处难得的开阔盆地，似巨型的扁平布袋，袋口接住并兜存了前来的急水。急水骤停，在此处沉潜缓流，时有时无的微风吹皱又拂平了镜面。蔚蓝天空和时聚时散缕缕、片

片、团团的白云，融着青黛山色，伴着吹着口哨的风儿，和着节奏和韵律，一起揉调着水光池气。于是，阳光朗明之时，左边靠路处，莹润的淡绿色斑一碧无瑕，水波不兴；中间泛蓝映白，交互相融，微波轻行；右边靠山处含青蕴黄，清澈见底，水草丰美而摇曳多姿。两头纯色小黄牛埋头于岸边，四蹄没于蓝的花绿的草柔的水间，怡然自得。

公路上，一家三口的马家庭是不是正在闹矛盾？棕红色的老公站在路面上，背转着身子，耷拉着脑袋，是不是正在低头反思错误？貌似是认识自己错了，有悔改之意。白色的、消瘦的老婆护着身体单薄的儿子，站在草丛里，不言不语，头向着老公，眼神哀怨而又坚定，好像在质问老公："就是你的错，难道不是吗？！"发觉背后有车来到，正在反省自责的老公赶紧抽身回头，小跑着来到母子身边，以身躯保护；老婆见状，哼的一声别过头去……

"熏风时送野兰香，濯雨才晴新竹凉。艾叶满山无客采，蒲花盈涧自争芳。"越向前，世界越发开阔。大河脚步平缓，缠绕山行，依势轮回迂进。烟云凝瑞，苔藓堆青。山在地上，山在水里，山色尽皆化入水的怀里，幻作澄澈的绿意无尽无边。隐隐寒风送香来，却不见花开何处。

晓子喜欢喝茶。“茶”字，拆开即“人在草木间”。人生一世，草木一秋，几度冷暖，几许纷繁。独品清茶，在岁月的风尘和时光的流连中，闲观云卷云舒，默看风吹叶飘，享得一份从容和淡然。日本茶道大师千利休说：“先把水烧开，再加进茶叶，然后用适当的方式喝茶，那就是你所需要知道的一切。除此之外，茶一无所有。”

* * *

看，山坡那边，什么东西在跃动？不止一个身影，而是两个，三个！细看，黄花地里，绿草甸上，圆滚滚的大老鼠般的尤物正在快乐地玩耍，时而跳跃着，时而飞奔着，时而突然静立不动、屏息静气。

原来是旱獭！一头黑白相间的大牦牛小跑着向山上去，越过尤物们的领地和乐园，这些家伙齐刷刷地抬起头来，脸露不满之情："一声招呼不打就闯进我们的家门，真是没礼貌……"

山重水复，山迢水遥，公路时常隐没于林木间。貌似无路，其实通道只是被遮蔽而已，无路只是假象。就像现时右边，一条巨大的鳄鱼正气势汹汹地趴在山顶上，鳞甲突起，锋芒毕露。这也是假象，惟妙惟肖而已。

此时此地，晓子没来由地想起《西游记》里行者与三藏在走往通天河路上的一段对话，颇觉有味。一日，天色已晚。三藏勒马道："徒弟，今宵何处安身也？"行者道："师父，出家人莫说那在家人的话。"三藏道："在家人怎么？出家人怎么？"行者道："在家人，这时候温床暖被，怀中抱子，脚后蹬妻，自自在在睡觉；我等出家人，那里能够！便是要戴月披星，餐风宿水，有路且行，无路方住。"

晓子一直觉得行者在师徒四人之中最具佛性、最有慧根，他参透了天地人情，"悟空"！听了行者的话，三藏并未领悟，因为书中接着写道"师徒们无奈，只得相随行者往前"。此处的三藏，凡心炽烈，定力涣散，六神无主，不如先前在宝林寺听罢行者一番话后，"一时解悟，明彻真言；满心欢喜，称谢了悟空"。在宝林寺时，三藏同样地心魔作乱，彼时见月色清光皎洁，玉宇深沉，一轮高照，大地分明，说出了"今宵静玩来山寺，何日相同返故园"一句。行者闻言，近前回应道："师父，你只知月色光华，心情故里，更不知月中之意，乃先天法象之规绳也……我等若能温养二八，九九成功，那时节，见佛容易，返故田亦易也。"那长老顿开茅塞。

真经不在西天，而在路途；真经不着一字，因为无法可说。如来所有所得，于是中无实无虚，故而一切法皆是佛法。佛祖不是如来，而是自我，我即是佛，自性本自清净。妖精非自外来，纵有千般模样万种邪术，都是人心自生，是贪嗔痴的化现，是执念的显示，是我相、人相、众生相、寿者相的集聚和表露。心生，则种种魔生；心灭，则种种魔灭。我们在生活当中，在短短的人生中，都是那个时刻与妖精斗争的唐僧。定住心猿，就是悟空！

* * *

车轮滚滚，澄澄清水，湛湛寒波，一脉相承；山峰相连，峦峦相接，灵峰疏杰，叠嶂清佳。山势渐渐向上，山与山的距离渐近，谷地渐行渐窄，已经可以看到前方积雪的山顶了，积雪白茫茫地发亮。续进，山上林木已稀疏可数，零星竖立，平滑齐整的草甸覆盖山体。再往前几十米，再登高几层，景观大变，绿意消解，高山的中上部已经裸露出粗糙的、泛白泛灰的肌肤，乱石嶙嶙。

只剩下残垣断壁的琼果杰寺积淀着历史的悲痛与无言的创伤，坚

强地屹立在路边。此处，4600米的海拔。再往上，是连续回旋的山路，层进向上。不时可以见到坍塌的瑰丽雄伟建筑，虽然肢体不全，然而依然傲立不低头，控诉着那段时光那些恶行那些暴徒！毁佛塔庙、破和合僧，为“五逆”大罪，现实里这些暴徒因为大造恶业，都不得善终，冥冥之中自有因果报应。

沿着崎岖山路，到达“一览众山小”境界。刚才高不可攀、只可仰止的山顶，如今平视可见，真容现前。环形耸立的峰顶昂首向上，灰黑色肌体筋腱毕露、棱角突出，没有风起云涌衬托却依然力量毕现、气势恢宏。忽而大团乌云奔来，压罩山群，投下浓重的阴影，那山峰更如猛兽俯伏，时刻准备跃起发威。远方，山体环抱一个“海子”，虽然现时是七月，白冰却正在向湖心挺进，不日封冻齐全，成就纯净世界。陡崖之下白雪堆粉，深涧之中涓流成冰，好一个“千山鸟飞绝，万径人踪灭”的天地。

车子闪过一个弯，左侧山体绿装披身，右侧山体则穿着上是褐黄色下是绿色中间绿黄色交叉浑然一体的衣服，时序与季度，一下子就在相邻的山体中形成强烈急骤的反差，令人嗟叹。山高水低，河流犹如细绵的白色银链，镶嵌群峰，牵挽千山万丘。山体饱满而雍容，气定而神闲，厚积而薄发。“我见青山多妩媚，料青山见我应如是”，会不会是这样的情况？

一座奇形怪状的山扑面而来，酷似一只八爪鱼！厚重的下半身隐埋在下，上半身上两处深色斑块，栩栩如生的双眼；风化成尘的土黄色沙堆砌成条状，自山顶上沿着隆起的山脊垂下，俨然如群爪，惟妙惟肖。那鱼儿眼睛滴溜溜地，随着车子的转动、角度的变化，挤眉弄眼……

车子前行，极目所及，笨重粗糙的山体连绵，山身互相嵌入，紧密难分，寸草不生。车子低伏挪进，那山一个接一个直挺挺粗野地压过来，人心越来越觉得压抑而煎迫，越来越有喘不过气来的郁闷。原先那条优雅的河流早已不见活水，只有一条长长的印痕留存。天高任鸟飞？连根鸟毛都见不到，连点鸟味都闻不到，只有板结着脸的山和炫眼的阳光。两山夹峙小路，山势直上，大块大块片状大石松散叠铺着，好似稍有风吹就要顺势倾泻。

透过前面像蛇身一样弯曲、时隐时现的山路，可以看到一堵看不到边的与天相接的山墙横在面前，拉姆拉错就隐在山后！

忽现“不速之客”！三只如羊般模样大小的动物低头立在路中央，“目中无车”。哇，是岩羊啊！扫描四周，原来好多只，在路边，在山坡上，神色泰然。肤色与周围的山色近似，不仔细观察，不容易发现它们的存在。一只岩羊立在砾石上，身姿矫健，体态优雅，眼神炯炯，嘴角含笑。这时候，聚到路中央的越来越多，不知道是被什么吸引了。原本这里就是它们的天地，来到的人才是不速之客。

这是晓子第二次近距离接触岩羊。第一次是在稻城亚丁，也是突然撞见。不同的是稻城的岩羊集体行走在近路的山坡上，不惧怕人声人影，人羊互不相扰，各行其道。头羊立于巨石上，棱角分明，威武健壮，凛然不可侵犯。

五、登湖奇遇

到啦，到啦！来到了登湖的大本营，一块小平地，既是歇脚地，也是出发点。几家帐篷式的商店，提供热水和方便面，售卖经幡、氧气瓶等。店主的脸色如同山色，饱经风霜，不过笑容常在，纯朴真诚地凝视来客。

营地四周高山环抱，谷壁陡峭、山脊狭小的刀刃状峰脊生硬坚挺，处处是长年累月的寒冻和风化所造就的巨石岩屑坡和破碎累积的石片，苍凉而沧桑。处处是洁白的哈达，处处是五彩经幡，迎风飘扬，猎猎作响。除了风动幡响，还有人心在动，虔敬的心荡荡。

此时此地，是海拔5300米的所在，空气稀薄，一句大嗓门的话出去，紧接而来的就是一阵气喘；几步急走下来，人身就是一阵恍惚迷离。脚板好像被重物压着，一动就触碰到无形而实存的沉沉阻力。12点多的钟点，阳光炽烈，白光闪耀而覆盖四方，天地白茫茫地刺眼。营地上四散慢行着十来个人，做着登山的准备，一个个静默着，蓄积动能。

郑哥说他就不上去了，在车里静心养气，嘱托晓子吃点东西、休息一会儿再上山。帐篷商店里的方便面，大碗的才卖10元，店家还

免费提供开水。商品从山下来，长途跋涉，开水都是要一瓶一瓶装好了运上来。“你可以提提价呀，卖个15或者20块的，我们都接受！”买者对店家殷切地说，店家只是憨憨地笑：“就是这个价了，就是这个价了。”

吃罢方便面，晓子仔细观察路况。通往拉姆拉错的坡面上，大大小小的玛尼堆随处可见，承载着虔诚的愿望和真切的祈祷；一处绿色草甸，低矮的蓝的红的黄的花儿点缀其上，灿然夺目。自然之力造就的无处不在的石块散漫地堆叠横陈，边缘粗糙、尖利。一条曲折如“之”字形的以大块石片砌成的阶梯，曲折而上，烈日下白茫茫地通达那如墙壁般的垭口，这就是“路”了！直削的裂纹裸露的石墙上，一条长长的彩带连接垭口的两端，那里就是曲科杰山

谷，拥抱着冰清玉洁的神湖。

这条“之”字形的石阶，虽然只是短短的200米，看似坡度平缓，其貌不扬；从石阶起始处到垭口处，垂直距离充其量只有50米，看似平常其实辛苦难言。在这氧气稀薄的地方，攀登山路，一步一艰难，多少人因为途中遭遇剧烈的高原反应而不得不半途而废，多少人因为天气突变而不得不放弃前行，多少人因为心生畏惧而无奈折回！就在昨天，两位老人家不远万里来到西藏，专程从拉萨来到这里，就为着一睹圣湖容貌。上午风和日丽，午后风云突变，暴雨狂倒，正在登湖半路上的老人家措手不及、无可逃避，一下子全身湿透、立时着凉感冒，病情急现，危及生命，被十万火急地送至拉萨医院，好在抢救及时！

* * *

“张大哥，张大哥……”晓子遐思间，突然声声呼喊传来，一声更比一声响亮而急促。声过人到，一个三十来岁的男子气喘吁吁地闪现在晓子面前。什么情况？！晓子一时愣怔。在这稍不注意就会招致高原反应的环境下，什么大事急事，惹得这位老兄这么激动、大呼小叫的？

男子定定地盯着晓子，上气不接下气地说："你就是张大哥吧？"晓子茫然，回顾身后并无他人，于是点了点头。他举起手中的书："这书是你写的吗？"噢，是《天路》，是晓子写的，怎么了？"没想到会在这里遇见你，在拉姆拉错湖畔遇见你，真是太好了！"欣喜的表情在男子的脸上洋溢，同样的喜出望外的表情写在随后而至的一位美丽女郎的脸上。晓子脑子有点转不过弯来，呆凝两人，只觉得男子帅气，女郎美如格桑花。

"我们在飞来西藏的航班上，还在读着你写的有关西藏的文章，写得太好了！我们读你的文章，好多是在西藏的网站上读到的！"男子自我介绍是湖北人，对西藏富有情结，所以，今年又来了。

《天路》记述晓子2016年12月在西藏援助不动产登记工作的历程和所见所闻所悟。出版前，先在微信公众平台和马蜂窝等媒体上登载过，西藏网站予以转载。

前几天也有类似的经历，颇有趣。晓子在林芝市区吃石锅鸡的时候，与一位在餐馆打工的来自察隅叫作格桑云旦的年轻人，有过一段对话。

"我记得以前有个叫张晓锋的，专门写西藏的一些习俗啊传说什么的。前两年的时候，也写过察隅。是你吗？"格桑云旦问。

"不确定，有可能是我，也有可能不是。"晓子应，天下同名同姓的太多了。《天路》里面确实写到了察隅，写到了"女神节""仙女节"，恰好是两年前的事。

"嘿嘿，不是可能，就是你！"年轻人说。

也许就是我吧，随心涂写的篇章，激情迸发的产物，晓子赠送

《天路》一本，他欢喜地收下了：“谢谢，我相信你送我的这本书，会让我收获很大，也会让我更了解自己的家乡！”

眼前，这位男子这么兴奋，晓子不知如何是好。

“你的这本书，刚刚从你的同伴那里得到的。”看着晓子云里雾里的神情，男子指着郑哥休息的地方说：“郑哥正在那边看着，被我瞅到了。我跟他说，我喜欢张晓锋的文章，喜欢得不得了，所以无论如何，你得把书让给我！然后我就不客气地把书抢过来了。郑哥笑着说，你喜欢的作者就在这里呢！实在是太巧了，所以我就奔过来了，真的是幸会啊！”

不可思议的西藏情结，联结了你我他，因为缘分和有情而遇见，善哉善哉……

* * *

拉姆拉错，其影响力和神秘之处，在于她是藏地具有“照看前世、今生和未来”的“三大神湖”之一。藏传佛教寻找转世灵童，高僧大德必到此湖，按照仪轨作法，观察湖中显现景象，寻求神示，据湖象获悉转世灵童的所在方位、家中情景和周边特征，描绘图案，然后寻访得到。每年藏历四至六月，善男信女前来这里抛掷哈达，表心达意。据说只要心诚与有缘，湖水会如一面镜子映照出自己的前世、今生和未来的景象……

西藏的湖泊，晓子去过几个，最可人意的是纳木错、然乌湖。通往纳木错的道路，山峰雄奇，景致优美，不经意间，瞥见天际一抹蓝得发紫的线条，悬在半空，悬在山腰。越往上走，这线条越来越宽幅，蓝色越来越莹清发亮，真实得发幻，人未到已尽感纳木错的冲击力！然乌湖柔婉清丽，四时景色宜人，尤其是12月时候半结冰半是水的湖面映照苍茫黝黑的雪山，夕阳余晖和初升圆月同时投影湖身的景象，销魂摄魄，美得令人无语。

听朋友讲述，一位女生从冈巴拉山口拐出来，看到羊卓雍错的第一眼，泪水唰地就奔涌而出；老师带着学生们去看西藏的某个湖，看着看着，许多人潸然泪下，有的泣不成声……有句话说得好，你不懂得别人的生活，请不要随便评价或者妄自论断！所以，面对那一泓水、那个时空、那个境界，没有经历过的人，请别妄言人家矫情。

晓子起步登湖，恰好刘女士和她的十来岁儿子小曾同时出发，于是结伴而行。

“小刘，我看你是到不了湖的。如果实在坚持不住，千万不要勉强。前面这短短的二百米路，有的人用了一生才走得上去、走得圆满的！”郑哥善意提醒，同时把两罐氧气瓶放进小曾的背包里。

行者不多，路宽人少。三人刚迈步，就看见一个戴着太阳镜、肩背旅行包、腰系挎袋的下山者低头走来，默然无语，脚步沉重。难以判断是成功而返，还是无奈折回，因为涨红的脸色里黑晕浓沉，没有一点兴奋、骄傲和满足的表情。

按照郑哥的教导来做，一步一步上挪，求份稳实，不求速达。一踏上石阶，一举手一投足，有股无形的力量不间断地逆向和人对抗，双脚被硬生生地压着。阳光白晃晃地灼人，迎面吹来的风儿却阵阵清寒。越往上行，路越不像路。乱石堆积而成的路面，只算作有个落脚和起步的地方。铺成“路”的石块杂凑而成，没用水泥等物黏附成整体，有的石阶一承重就松动、位移或者坍塌。石块边缘尖利，需要时时在意、处处留心，稍不注意就可能被剐伤。

约莫走了三四十米的样子，三个人闷气蹒跚而至。一男一女两个年轻人搀扶着中年女子，一脚深一脚浅的。走到眼前，晓子发现中年女子脸色发青发黑，牙关紧闭，神情颓然，应是剧烈高原反应的表现。晓子赶紧把手中的纯净水递给年轻女子。她点头表谢，拧开瓶盖。中年女子伸出右手，五指并拢屈成碗状，接水，往嘴里送。如此三次，再加上休息了一会儿，中年女子的脸色缓和下来，浮现些微红润，神情放松下来而有了笑容。“我们从山上下来的，水喝完了，老妈也顶不住了，谢谢你们！”年轻女子说。晓子把水相送，他们不受，说上山一路走一路不可缺水，这水留给你们自己，况且他们也快到达山脚啦！

目送三位成功登顶者如愿以偿抵达营地，晓子回转头来，父女模样的两人正从身边缓过上走。显然有备而来，父女装束齐整。只是不对劲，三十来岁的父亲脸色凝重，眼神忧郁，牵着五六岁的女儿。小女孩拖着脚步，两眼木然，眼神混浊，脸色发青，嘴唇发紫。

“不好了！”晓子心中暗语。未成年孩子挑战严苛的环境，正在发育中的小心脏难以承受，可能会造成严重的伤害。父亲没有留意到女儿情形不妙吗？

出于善意，晓子拦住了父亲，动之以情，晓之以理，婆婆妈妈说了一堆。小女孩频频点头，仰望父亲，恳求的眼神。父亲沉默良久，叹了口气，缓缓地说：“谢谢你的一番好心，我再想想。”晓子笑了笑，踮步前行。石阶两边，条条经幡串联遍地密布的玛尼堆，阳光下光彩夺目。回过头去，看见父亲作出决定，挽着女儿的手慢慢回走。小女孩脚步轻快起来，小手甩着扬着，时不时侧脸和父亲说话，仿佛可以见到她开心的笑容。凡事，有得必有失，有舍才有得，难以兼顾全有的。

“哎呀，我有些不舒服了！”

正在沉思中的晓子被吓了一跳。刘女士弓身扶腰，脸色发白。小曾一脸紧张，正帮母亲抚背按摩：“我妈妈低血压，刚才可能走得有点急了。”“定定神，缓一缓，别着急！”晓子安慰道。低血糖容易招致晕迷，不可大意，不仅在于晕倒的突如其来而难以防备，更在于晕倒过程中难以自控而产生二次伤害。来此观湖拜湖的人，都曾发愿，都有善良心，有时心至即好，不必强求身至。自然，这是晓子的看法，大多数人不遂愿不罢休的。特别是到了此处还放弃，岂不遗憾叹惜？！

晓子点燃香烟，惬意享受起来。空气洁净，微风送爽，天高云淡，这烟抽起来特别的甘醇可口，味道好极了！此地八面巍峨四围峻拔，巅峰屹立，把这青天为屋瓦，日月作窗棂，四山五丘为梁柱，天地犹如敞厅！

其时，一男子左牵儿子，右拉女儿，从晓子身边过。男子走一步，歇一步，眼神四顾，显露焦灼之色。儿女被强扯前行，满脸不情愿。五六岁的儿子耷拉着脑袋，红帽下一张发红发涨的脸，喘息阵阵；三四岁模样的女儿斜靠父亲身侧，脸色发黑，嘴唇发紫且颤抖着，眼神发散，身子绵软。

这还了得！今天的晓子成了多嘴多舌、爱管闲事的人了！

“老兄，你看看你小孩的状况，不大好了。不休息一下，还准备前进？”晓子问。

“我知道呢，知道呢！”男子有气无力回应。

“你小孩已经明显的高原反应了，很剧烈很厉害。再往前走，你扛得住，小孩就未必了。再坚持往前走，小孩的身心会受损，得与失，得好好掂量掂量哪！”晓子劝说。

“我懂的，懂的！”男子低下头，细声说。看了看儿女的脸色，往前眺望，迟疑不决：“他们的妈妈在前面等我们呢，我过去和她商量一下怎么办，我自已拿不了主意。”怔了好一阵子，三个人筋力酥软地过去了。

晓子静静地看着等着，剧情会怎么发展。

一会儿，这一家子的身影重现。父亲心有不甘的样子，一步一回头，一步一张望。男孩闷声不响，耷拉着头，手臂无力下垂，两条腿僵硬地移着。女孩已经完全不对劲，闭着眼，脸色更加发黑，嘴唇和人中已经完全发黑发紫，分明处于失神和渐趋冥然昏迷的状态。

“不好了！”晓子心里一惊，这女孩再不歇息和安抚，会有生命危险！看看这边的母亲无恙，晓子赶紧招呼小曾拿起矿泉水，疾步到了他们面前。

“我和他们妈妈商量过了。妈妈要我们回来，在山下等她。妈妈说自己坚决要上山去，不达目的地不罢休，说到了这里哪有放弃的道理？！”男子软绵绵地说。

晓子这时哪还有工夫去搭理这个做父亲的，赶紧招呼女孩坐下来休息，喝喝水，缓缓神，同时对她进行心理抚慰，进行心力输送，逗逗她发散气急和发闷的情绪，转移注意力，静定心绪。男孩呆立一旁，状态还好。小曾富有爱心，陪送男孩，帮忙拿着背包，慢慢往下走去。奇妙，下走一步就轻松一分。男孩摇摇晃晃走到营地，即时可见活泼情态。一会儿，女孩恢复良善，站起身来，随着父亲每下行一步，活力就增添一分，到了营地，自如行走，笑声可闻了。

晓子皱起眉来，思忖着在这危险时时存在、随时可能出现意外的地方，为什么营地或者上山途中没有安排医务或者救援人员，以应一时之急？这是奢侈的愿望，想想就可以了。不只是此处，别的容易发生高原反应等急性疾病的景点，这方面的专业服务向来欠缺，也难见志愿者的存在。所以，当危难发生时，更多的是靠自救或者只能乞求天恩。那么好吧，晓子决定今天就权当义工，久历藏地积有基础和心得，在自身状况良好的情况下，力所能及地帮助需要援手的人吧。心理学大师荣格对学生说：“你永远不要有企图改变别人的念头！你能够做的就是像太阳一样，只管发出你的光和你的热。每个人接收阳光的反应是不同的，有的人会觉得很温暖，有的人会觉得刺眼，甚至有的人会选择躲避。”

* * *

这边厢的刘女士休息妥当，一时无恙，继续迈步，向着目标，挑战自然的严苛，挑战自我的极限。最困难的时候，往往就是最接近成功的时候。

越向上，石阶越陡峭，道路往上拉升的形势越发明显。石阶在烈日炙烤下，炫目苍白。寒风扑袭，人身发寒。

途中，一位安坐于路边的老人家，郑重赠送了一颗葡萄给刘。刘深表谢意，小口细咀，将葡萄融入身心里。

高空散发缕缕暗淡的云雾，阳光开始敛色，不知从哪里生来

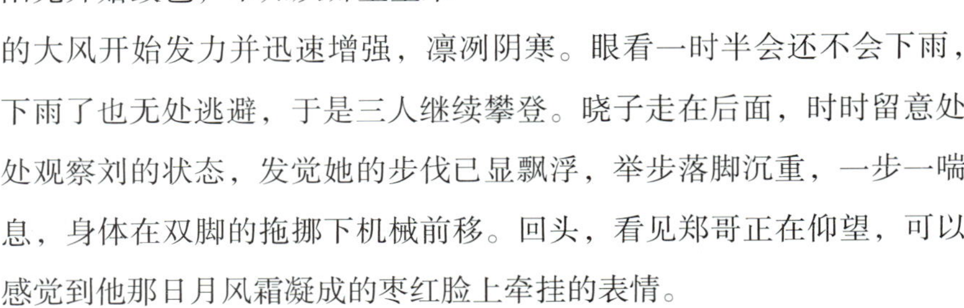

的大风开始发力并迅速增强，凛冽阴寒。眼看一时半会还不会下雨，下雨了也无处逃避，于是三人继续攀登。晓子走在后面，时时留意处处观察刘的状态，发觉她的步伐已显飘浮，举步落脚沉重，一步一喘息，身体在双脚的拖挪下机械前移。回头，看见郑哥正在仰望，可以感觉到他那日月风霜凝成的枣红脸上牵挂的表情。

“啊……”

突如其来的惊呼，激颤了晓子的神经。刘直挺挺，愣呆，一刹那

间，整个身体就完全失控地前倾，即刻就要扑倒着地。说时迟那时快，早有预备、反应神速、动作矫健的晓子伸长左手，一把挽抱住她的腰部，暂时止住坠势。重，好重！身材不高不胖的女子，目测不会超过九十斤，怎么会这么重的？！晓子支撑不住，右手赶紧帮忙，使出全身气力，将她紧紧抱住。事发突然，路面不平，一只脚死命撑住地面，不停地颤抖，另一只脚腾空着。她身如此笨重如此僵硬，坠势不减，拉扯着晓子一同倾坠。晓子迅速扫视地面，我的天，如果倒下去，她的头部将硬生生地碰撞一长截棱角锐利、向上直立的石片边缘，命休矣！晓子喘着粗气，使出吃奶的力气，死死抱住她，腾空着的右脚摸索地面，努力踩实站稳，把她晃荡着的头部稳靠胸部。女人的脸暗黑死灰，透过太阳镜看去，眼睛瞪睁，眼白混浊，两个黑球一齐撇向右侧，一动不动，凝固眼眶边。

大事不好！晓子的脑里掠过一缕火花，燃烧着，熄灭成灰。当时，却一点没惊慌，或者说顾不上惊慌。观看人中和嘴唇，是要掐人中，还是做人工呼吸？念头一闪而过，马上判断都是不可能的事，分身乏术，能够挺住站立、保证她不再往下倾倒已经很不容易了。

“氧气瓶呢？”想起她儿子来，晓子大声喊。眼神扫过去，小曾已经将氧气瓶掏出来，只是先前没使用过，没经验，紧张摆弄着，手忙脚乱。

这可怎么办？书到用时方恨少，物到用时方恨没用过！挽救生命，只在须臾间！

尔时，一个身影飞奔而至，一把夺过氧气瓶，一下子拧开盖子，麻利地将其凑近刘的鼻部。

很快，刘脸浮现亮色，眼睛闭合。晓子感受到她的重量在减轻，身体渐有柔软感，不再像一块大石头。一会儿，她的眼睛睁开了，长长吁出一口气，回过神来，能够自己站住，像个人样了。

“好了，缓过劲来了！让她再好好休息一下，就没事啦！”施以援手的年轻男子欣慰笑说，放下氧气瓶，扬长而去。

死去活来，惊怖一场，从晕倒到救醒，只有短短的几十秒工夫吧，却仿觉过了漫长时间。

“重过死人”，家乡俗语形容物件沉重、难以撑扶。静定，晓子才发觉自己汗淋湿身，寒风拂起，寒意陡生。

后怕，后怕是真怕。如果这样，如果那样，如何是好？！好在现实就只有一种，就是已经发生的一幕。谢天谢地谢人！

刘恢复大半元气，不可再强行登山了，放下，放下。晓子劝勉儿子妥帖照顾好母亲，静定之后就下山去吧，挥手作别，独自登山。

陡地出现两个“恐怖分子”！全身紧裹深衣，宽檐大帽，炫彩眼镜，只有两手裸露，气势汹汹伺机作乱的模样，正疾步下山！晓子笑着拦住这两个家伙，攀谈一番。原来是军队转业待分配期间的超级驴友，来自广州，已领略湖景，说沙漠的景致出奇的好，特别是秋冬时节妙不可言，有机会的话邀请同行。晓子说好好好，等待机缘。

晓子前走一步，回望一眼，牵挂母子俩。两人还在原地，刘看起来有些不顺畅，神情呆滞，身体僵硬。不要再出什么意外了，晓子不假思索，收步回头，和小曾一起，搀扶刘慢步回返。挪到营地，长舒一口气，安全着陆。

这可不是简单地回到原点。点貌似还是那个点，人已不是原来的人，一时一地一局，中间有真切的经历。

脸色开始红润的刘女士，述说她体验的惊魂经历：“晕倒的时候我就觉得眼前一黑，然后就什么都不知道了。接着感觉自己在黑暗里飘浮，向前飘行，一个彩色光环导引着我。感觉周围好多人影，好嘈杂，他们都在围观。那时刻，我没有牵挂，没有痛苦，没有悲伤，而是非常的平静、舒服和快乐。然后这个进程突然中断，我睁开了眼，一下子回到现实世界。你们从我晕倒到把我救醒，时间很短，可我在黑暗中飘游的时候，却感觉时间已经过了好长好长……”

晓子想着美丽神奇的拉姆拉错就在前面，而这一次是不可能身临其境了，因为登山期间发生的事情，已经耗尽了心力体力。无怨无悔，甚至连怨悔的念头都没有，取舍有道理！“灵台无物谓之清，寂寂全无一念生”，已经遂愿了、如然了、心安了，一切都是最好的安排！

“拉姆拉错在哪里？”好多信众问询根敦嘉措。

“在我的心里。”根敦嘉措回答。

是的，拉姆拉错在晓子的心里……

只为途中与你相见

时隔两年，再次踏足西藏，于2020年的夏季。

西藏不在拉萨，在路上，在人心中，在魂魄里。

只要方向是对的，就不怕路远而长。因为，这是一条神奇的天路。

西藏，从来不邀请你的身体和欲望，而是在冥冥中声声呼唤有情人的灵魂，让人不顾一切地奔向她、靠近她、依偎她。风景永远留给有心人去欣赏去沉浸去思远，路永远是有心人去开拓去建筑的。路漫漫，无边无量的脚下之路，澄明圆融的人心之路。

晓子，一个半老不小的家伙，特立独行，活得像泥水里打滚的猪，喜欢漫无目的的旅行，在一个有花有湖、有雪山有寺庙的地方沐浴阳光，于清风徐来的无所事事的游步中，惬意盈怀。这片神奇之地，身临其境一次又一次，同一个地方来了又来，来了就不曾离开，却依然不能把她看透，只是无名迷醉其中。有时好像明白了，那是拈花一笑的微妙与不可言，或许就叫作缘分，道不明说不清。

“心怀坦白的人，若能和他同行，即使靴子没底，也可坦然登程。”这首西藏民歌，揭示了旅伴之间志同道合的重要性。有趣的灵魂去哪儿都自带风景。旅行过程，既是领略风景美食，也是体验人心的美好。情趣趋同、说得来谈得拢、真诚相待的人，结伴同行，才能增生游兴、焕发激情，一路行一路欢歌。

这次漫步藏地，三个人（晓子、郑哥、悦儿）组合成团，自由行自由走，随心所欲、随意而行，悠然闲游，荡荡无碍。郑哥是藏地老驴友，掌舵车子，风物人性熟稔，一切尽在掌握中。悦儿第一次进藏，不过性情豪爽、身体硬朗、心境稳实，想来适应高原水土应无大碍，不过也不可大意，需要时时处处体察照顾，免生意外。

一、曼妙风情悠扬在通往朗县的路上

八月，正是他方暑热难耐之时，而于林芝的八日晚上，竟然就飘散絮絮的雪末了。晓子初时不知不觉，以为小虫蚁集，于路灯下纷动。待到住处，凝望窗外，细末白片渺飞，定睛细看，方察其真，叹为微妙。

天时反常。雨季来临前，林芝突发山火，多年未见的凶猛，人工全力扑救而未如愿，火情持续数日既而扩散，浓烟障日，直逼市区。好在虚惊一场，然而人心已惶惶。七八月是林芝的雨季，这里的雨不同南方平原地方的梅雨或者台风雨，多是夜间飘洒；白天虽然时下时停，阳光依然是主角。今年情形迥异，林芝友人说前段已经下了好久好久的大雨，人都快发霉了。随之灾害四生，特别是波密地域塌方不断，泥石流横泻，阻挡道路，因为一处路桥塌坏而被困车辆最长的达到七天时间！原本就道路难行的墨脱更是困顿，在当地援藏的同学说断电断网已有多日，寸步难行，人被隔绝于一隅之地，徒叹奈何。

晓子这次漫步西藏，几月前已考虑妥当，不往东行，背西而进，往朗县、日喀则去，无意中避开了苦惨路段，真是庆幸！有意无意的决定，必然与偶然的耦合，难以言明。

* * *

行履藏地，宜缓缓而进。驱车慢行，走在通往朗县的路上。带有丝丝甜味的空气清新，人精神健旺。从林芝到朗县，早上出发下午到的节奏，需要中途歇食。前年是七月漫游，此次后隔一月，路上风貌仿似而稍异。路如长带飘远，连缀两边无尽景色；路在脚下，风景在路上。旅行不在于终点，不在于急抵目的地，而在于沿途的风景和随适的心境。在平淡处发现有趣，于恒常中体验欣悦。

连绵大树，粗壮威猛，与长路相依相伴。白云随意自在，时而团聚堆集，横亘山腰天际；时而分离成缕、身姿袅娜、形态缥缈，随风变幻。树叶间点点红星灼动，下车细看，原是小小的、形如红柿的鲜红果子拖着细长茎藤，掩映于枝叶间，色相逗人。或有果子散落，闲适躺于厚积松针的沃土之上，与先前掉下的松蕾相对无言。沃土上一时委顿枯槁其实生机暗动，枯木逢春再新生，身上泛出浅淡的生命绿色，几片悠然的小叶已经旁逸斜出，绽放重生的喜悦。生命悄然演化，在天地的滋润和时序的律动下，不知不觉间展示了轮回。

米林县域是必经之地，晓子援藏结束三年后再入县城旧地，有些感慨。县城依然人影稀稀，路边树木已高几许，青葱墨绿。远方山顶一缕雪白，是否当年风景犹存，照见今日？只是今时人已非旧时人，世界永远变动迁流中，处于无常状态。

越往西走，路边树木越稀疏，绿意减淡且渐渐消歇，河水混浊，

山体青筋暴露，路边岩石横陈。他处干旱之地，山体是越往上，林木渐少；此地迥异，山下至山腰林木稀稀，时有白沙或沉积或流淌，山腰以上却是葱郁，大树茂密。不时有小湖泊（海子）闯进眼帘，蓝天白云林木投影水面，糅合晕染，随风而动，随时而变，变幻多彩，湛然清洁，赏心悦目。此所谓风景在路上，在不经意间，在明眸善睐中。

蝾螈，欲称“四脚蛇”，乐生此处。车行处，时不时瞥见前方黑色小身影横越道路，慌里慌张，一闪而过，隐没不见，令人忍俊不禁。下来搜寻，一时无获。举目四望，欣赏风景，无意中发觉褐黑色大石上有物微动。定睛一看，石面上身色几乎与石色相融的小家伙拖着长长的细尾巴、鼓着滚圆的肚子，正懒洋洋享受着日光浴。须臾间，从石隙里探出头来的一只，斜睨人身，小眼珠滴溜溜转动。晓子正准备趋近亲热，小家伙惊慌疾驰，一瞬间消失无踪。此处小蝾螈胆小怕事，自有情由。前方路段身材硕大的蝾螈见惯人情世事，趴在巨石上纹丝不动，吐着芯子，人走近了不惊不慌不逃。藏地雪域，佛光普照，众生平等，人与野生动物和谐相处，互不侵害，相安无事，相处悠然。

江宽滩广，水流湍急，冲激形态万千的大石，惊涛拍岩，雄浑激越。游人多在此休憩驻足。当地人摆摊设点，零售些什物土产，殷勤招揽。晓子前年见到的那个小女孩，长大了，上学了，假期将自己寻觅得到的本地独有的润泽藏青石，错落有致陈于几上。晓子笑问这石头何处来，江里淘来的？她眼睁手指，大声说道："是山上来的！"像上次路过一样，挑选几块，不还价，助她读书费用。她朴拙的脸上绽放灿烂的笑容，眼神中发出光彩来。

快到朗县地头，大山夹涧，阳光强烈，地表草木无几。独有高大柏树时时可见，或在江边，或在山脚，耸立挺拔，历经千百年而常在且生机盎然，傲立江湖。柏树从何而来，无人知晓。拉萨周边不产柏树，作为布达拉宫和大昭寺建筑柱梁的粗壮柏树干，又从何而来、如何运送的？有一个传说，鉴于陆路运输艰难，法师作法，让柏树顺流而下，借水力顺抵拉萨；柏树途经此地时，留种存活，所以有了这一片后代的繁衍生长，长留至今。

行行歇歇，六七个小时的车程不觉疲累。掠过伟岸耸立的千年柏树群，走过瀑布飞下银链飘舞的山头，转过一个山弯，一座细桥迎现在前，意味着朗县县城就在面前。两年未见，朗县新区廓然成形。县城新旧两域隔江对望，都建基于高山紧夹之下的狭长平坦盆地。虽是县城，面积不大，不及内地镇区的一半。自然，一城一地，不以空大为胜，要紧处是要有特色要有风情要有积淀而显示独有之内涵及魅力。朗县这个盛产虫草的地方，既有千年寺庙，又存王朝古墓，还有美丽藏湖隐藏山间，风光旖旎，历史久长，藏味浓郁。这也是晓子前年在此流连五天四夜，据店家说创下了旅客居住最长时间的原因。

入住新建成的县城最好酒店，价格适宜，感觉清爽。入得房间，第一时间泡上工夫茶，芬芳四溢，入口怡神。潮州人，不可一日无工

夫茶，无茶不生活。这茶具茶叶贴身相随，茶香茶汤伴走四方。窗外，天蓝云白树青，阳光清澈透亮，山的那边、山的里面就是虫草生长之地。

伴着茶香，三人侃侃而谈。悦儿第一次入藏，今天长途跋涉之下无疲态，神色灿然，令人放心。为了照顾悦儿，晓子和郑哥安排细腻，到达林芝后，特地在市区歇息三日，让她适应藏地气候物候人情，做足身体和心理的铺垫，以适应未来的行走节奏。

朗县海拔超过三千米，白天阳光朗照，体感温暖，傍晚风起而清凉，夜晚寒冷。藏地一年到头本来就没有所谓夏天的。当晚吃藏式火锅，新鲜牦牛肉、新鲜野生菌，配以林芝啤酒，味道好极了！

星星点灯，浩宇广深，万籁寂静，度过了在朗县的第一夜。前年的梦境历历在目，妈妈实在是不放心晓子的远足寂行，所以一路相随，托梦告知，点破旅途迷险。是夜，妈妈再次现身梦境，未发一言，笑容满面，由此晓子知悉前途安顺，可以依照己愿，大胆前行。

二、瞻礼巴尔曲德寺

朋友拉萨若水说："西藏只有两季，冬季、大约在冬季"。这不，朗县昨天热气腾腾，半夜下起雨来，隔日就大约在冬季了。

绵绵细雨和寒寒轻风中，前往瞻仰巴尔曲德寺（朋仁曲德寺）。寺庙依山而起，层层叠上，功德庄严，历经千年沧桑。湿意浸透时空，世界清净寂静。晓子三人悄然踏步，拾阶而上，怀揣平和虔敬之心。正在早课，喇嘛们集聚殿堂诵经。僧舍紧闭，门前一条细绳横伸，两领暗红色僧袍滴答垂水。想来夜间急雨忘却收起，喇嘛早课又匆忙。一头壮实黑牦牛正啃食阶边茂草，人来而不惊，"未尝知忧、未尝知惧"的悠然。悦儿揪草递与，它淡定收受，眼波流动。

大殿广场，一座大门敞开的殿宇静立，屋内漆黑。好奇心驱使晓子和悦儿登堂入室。光线昏暗，四周寒气聚拢逼迫而来，人心陡地收缩拢紧。这是什么所在？壮起胆子，细步挪进，适应骤暗的光景之后，面前逐渐依稀可辨。殿宇宽敞广旷，大柱竖立，两侧无人无像无法器。殿堂正中位置，好似有个高大塑像端坐不动，面目模糊，目不转睛地盯着前行趋近的人们。肃杀与诡异的氛围，弥漫所有角落。晓子回过身，见悦儿紧跟着，亦步亦趋，呼吸有些急促，表情有些惶恐。晓子倒也无惧无畏，淡然一笑，坦然而行，探个究竟。偌大的地方，只有两个身影蠕动，冷不防也会吓别人别物一跳的。这么一想，有趣！近前对视，一切昭然，应是一尊褪去了外装而只余下内里骨架的佛像。即使失去表饰，佛像身姿依然威严，目空一切，心空一切，或者说即空即有，即有即空。停留片刻，怀着敬畏之心，倒退而出，进入光明天地。雨水已歇，那头吃草的牛，正甩着尾巴，摇着身子，哼着歌儿，优哉游哉，穿行过去。煨桑炉里旺燃，烟气袅袅腾升；透过金黄色的塔尖远望，白云缕缕绕青山，遮不住天空蓝光条条块块，缕缕动漾。

喇嘛从拐角处出现，脚步稳实，迎面而来，看来早课结束了。主殿大门紧闭，晓子抬头间，正对左侧二楼窗户。隔着玻璃的两位喇嘛，正俯视窗下人。虽是远视，喇嘛和颜悦色可见可感。其中一位，晓子认识，前年被热诚延请，进入他现在所处的厨房。其时炉火旺盛，酥油茶飘香。语言不通，晓子不明白他的热忱表情和动作应是邀请同饮一杯，当时惘然，当时也不敢，后来思量是错过了好意。如今追思，暖人心肠。

巴尔曲德寺宽广平正，显密两宗兼有，因应佛理，清净庄严，法音普及无边界，殊胜光明无等伦。世界上最骗人的一个东西，就是虚名，现在多少汉传佛教寺庙名实不符，自欺欺人，应了古人“原来名士真才少，偏是僧家俗气多”的诗句。晓子俗眼观见，巴尔曲德寺喇嘛身心柔软，颜容安和，至心精进，坚勇求正觉，饶益有情，护持众生。扫地的喇嘛，手把帚子，洒扫应对，一丝不苟，清净地面尘埃，清除心上垢污；砌补墙壁的僧人一人承担所有工序的劳活，挥汗如雨而善始善终，心力成就功夫。

* * *

郑哥自个儿玩去了，晓子和悦儿相伴到了主殿侧门。正在犹豫间，对面房门开启，一位青年喇嘛揭帘而出，静立，微笑相视，一身清爽。

“我们可以进去吗？”晓子问。

“随我来！”这位叫阿旺的老兄懂得汉语，左手一请，顺向主殿。

大殿里，酥油灯明，藏香缥缈，法音缭绕，殊胜吉祥，菩提高广。众佛像姿态庄严，威光赫奕，悦豫清净，大雄无畏，为世间众生破暗觉迷的明灯。

晓子和悦儿奉上供物，祈愿大道坦荡、众生安康！

礼毕，阿旺请到厨房处歇息，请饮酥油茶。寒凉天时下，一碗温热，美味难言。也不客气，饮尽再添，感恩连连。阿旺对端坐坑上的一位沉静喇嘛说了什么话，老僧轻语。随即，阿旺对晓子、悦儿再作邀请表示。两人即笑答屋中众位，殷表谢意，随同阿旺出门。

再入大殿，径直到了活佛宝座。阿旺示意，以厚积无量功德的法物一一为晓子和悦儿加持，再赠送两封寺庙金丹。殊胜之遇，难值难逢！问明未来行程，阿旺轻声叮嘱晓子："在登湖前可服三颗金丹，以为防护。可将金丹随身携带，自有用处。"晓子领会其意，点头感恩。轻步前行，一柜柜的古旧藏经迎面而来而过，其间无言隐藏和沉默启示的，是不可思议的智慧。"佛法精深、佛理微妙、佛力无边啊！"晓子不禁称叹。"以后还会再来吗？"阿旺笑问。自然会的，因缘和合！他会意而笑。随后，阿旺带领二人瞻礼寺庙显要功德处，皆不轻易为外人见。

下山来 ，脚步轻快。晓子想起来时寺庙关闭，不知此时开门了没有，期望得到吉祥之物，为己用，并赠送有缘人。正寻思间，擦肩而过的小僧人回头笑对晓子说："我这不正准备去开门吗？！"

巴尔曲德寺藏香闻名遐迩，800多年的历史绵长，为国家非物质文化遗产。以独特的传统手工生产，十三世达赖喇嘛土登加措亲自指点。以白鳝香、紫山香、麝香、藏红花、冰片、丁香等三十多种珍贵纯天然药材为主要原料，遵循秘方精制而成，具有避邪佑安、驱除异味、预防感冒等功效。

三、富有风情的朗县街市

太阳升起，正是集市热闹的时候。

逛街，是晓子的爱好，即使独自瞎走瞎行，也自得其乐。钱锺书说得好：“洗一个澡，看一朵花，吃一顿饭，假使你觉得快活，并非全因为澡洗得干净，花开得好，或者菜合你口味，主要因为你心上没有挂碍。”

现时的朗县不是旅游目的地，游客稀少，原生藏味风情依然浓郁，不同于日渐成为旅游城市的林芝（巴宜区）。县城不大，两条道路交织成为城区主体。集市就在道路边，售卖平常肉菜食品，只旺早上两三个小时，静寂是县城的主调。从衣裳装束和神情表意来看，售卖者也

是生产者，将自产农产品挑来市场，笑容如同当地大大的向日葵般灿烂，面色亲善，气息清新质朴。

此时恰是本地土豆收获季节，市场里随处可见。郑哥开心起来："好啊，赶上好时候，我们买些，中午吃，有口福了！"这东西，半个拳头大小，淡黄色，厚实而多汁；清蒸香气芬芳，甘甜可口；打火锅的话，土豆与鲜肉相得益彰，互相生动激发，入口松软绵柔滑润。本土出产之物，饶有日月风露之美，正是吃货钟情的时鲜和口福。

两三间裁缝店相邻，随意踱进一家。藏式风格的成衣琳琅满目，也可自选布匹，量身定做。年轻的藏族店主讷言寡语，客人不问话他不开口，朴拙实诚。悦儿气质脱俗，身段高挑，晓子和郑哥便鼓动她定做长裙，日后回到本土，可以显摆出镜，必定仪相动人。她欣欣然地试穿成衣，果然风韵迭起，于是便选料定色，交代店主。出得门来，见一张貌似水獭的全皮迎风招展。店主竟然也说不出来到底是什么动物的皮子，只说是真皮，可以制成肚兜，寒天里暖热无比。如此甚好，三人定做几件，赠予亲朋，以为慰问关切。

正准备离开街市时，悦儿突然惊叫，手指目瞪，侧脸呆立。原来是有人现场宰卖牦牛，席地而卖。肉质鲜活，还在微微颤抖，鲜血漫洒地面，流淌成流；特别是牛头滴血涔涔，双眼圆睁，死不瞑目……

寻了一家羊肉店，郑哥交代店家将自买的土豆切片下锅。锅大，水多，除了土豆，羊肉无几。店主听出晓子的乡音，过来说话，说她先前在广州市白云区工作了八年，也是开饮食店的；因为弟弟在朗县工作，为了亲人团聚，来此开业营生，也已两三年。这么说来，可能她在穗日久，知道广东人肚量有限，所以这一锅才这么个样子吧，殊不知三个家伙都是能吃能喝大肚量的吃货！一只白色的流浪小狗闻香而至，眼巴巴地看着晓子。爱怜之心生起，晓子一边自己吃，一边夹肉喂养，分享的快乐是双倍的嘛。悦儿招呼狗儿到她身边，狗儿不客气，欢乐摇尾，尽情享受，人狗同欢。

晚上在牛肉店打火锅，酸汤牛肉。店家和裁缝一个样儿，自始至终难发一言，只是殷勤招引，厚道待人，这也是藏地风情。和午餐时候同样点的是小锅，这一家是肉多水少，味美香溢。三个家伙摸着滚圆的肚子，优哉游哉。可惜狗儿没再出现，可惜了，不然可以一起享受盛宴。

四、登临拉姆拉错

拉姆拉错神秘莫测，非经一番身体和意志的考验，再加上因缘和合，无法瞻仰其面容正相。

两年前登湖场景历历在目，回想同伴晕倒及遇救过程，晓子和郑哥依然心有余悸、心存感恩。当时没有害怕，也来不及害怕，后怕才是真的怕，怕到骨子里。吉人自有天相、自有天助。当时不可思议，之后也有不可思议之事，那就是同伴离藏回返后，原来时不时晕眩的情形没再发生过，不治自愈，神奇！

通往拉姆拉错的路，一如昔日般，风景载途。虽然天色不似前年般阳光灿烂日气旺，如今的阴蒙苍茫也是自然之色，有其活力与生趣。

路边时不时闪过寺庙废墟，或立于农田里，或倚于山坡处，虽是残垣断壁，然而静穆清肃，历经岁月而依然散发庄严气势。寺庙是藏地文化的浓缩体现，佛教是藏族人民的信仰归依。毁坏寺庙，就是摧残文化，就是拆除精神家园。一千多座寺庙被毁于一旦，珍宝被劫掠殆尽，发生在并不久远的过去，见证为非作歹者的丧心病狂。公道与真理，不能只在人心，应该昭然于外，成为人间正道。王小波痛陈痛批沉默的大多数，然而沉默并不可怕，因为沉默体现不盲从不依附不苟同的态度和方式，可怕的是被欺骗之后的盲信、愚痴、顺应甚至成为帮凶。

好在寺庙只是外相，寺庙倒塌无存，不意味着绝望，因为灵魂尚在。星云大师说过：“人生没有真正的绝望。树，在秋天放下了落叶，心很疼，可是整个冬天，它让心在平静中积蓄力量。春天一到，芳华依然。只要生命还握在手心，人生就没有绝望。一时的成败得失对于一生来说，不过是来了一场小感冒。心若累了，让它休息，灵魂的修复是人生永不干枯的希望。”

* * *

山丘地带，平时多见旱獭，虽然肥胖，身姿却是机敏，四处窜行，见人即刻遁迹无踪。晓子一路搜寻，想指示给悦儿看而悦其心。可惜沿途只望见一个家伙在山顶上鬼头鬼脑的，想来因为雨天，多数都缩在窝里睡大觉吧。

行至一处河水潺潺、山丘漫漫、林木幽幽地带，郑哥说，这个地方生活着多种珍稀动物，运气好的话，可以遇见白唇鹿到河边喝水，平时难得一见。晓子想起去年和老爸、儿子行走甘南时，机缘巧合，偶遇几只野生梅花鹿行走山坡，对视一时；当地人都说见到野生梅花鹿是难逢难遇的幸运！

越近拉姆拉错，地势越陡，山石突兀，草木渐稀。

“快看，那边，好大一群白唇鹿！”郑哥突然大声叫喊。是的，就在不远处，乱石草丛中，褐黄身色的白唇鹿，膘肥体壮，排开一列，正有序行进，不怕人声车影，神思静定，动作从容，时不时低头啃草，优哉游哉。看到兴奋好奇的人们驻足路边，好几只鹿儿立定，好奇地

打量少见多怪的人们，相视无语俱欢颜。一会儿，在头鹿的示意下，鹿群欢快走向远方的河流，渐次消失于天地间……

* * *

安抵登湖大本营，难得新增了清洁宜人的洗手间，而且免费。与两年前相比，大本营多了几处帐篷，不仅提供前所未有的现煮热面汤，还可供身体不适者歇息，免受大雨冷风的袭击。

仰望，登山下山的人影稀稀。

老天爷今天的心情复杂，情绪不佳，霎时晴，霎时雨，霎时风，霎时冰雹。郑哥是西藏“老驴”，见多识广经历深，谈笑风生。悦儿第一次进藏，垂首低眉，默不作声。晓子有些担忧，毕竟是4900米海拔的地方，赶紧暗地里招呼郑哥，把车上的氧气瓶拿来，随身携带，防患于未然。郑哥说，看她几天来的表现，应该不用带。

时近中午，天空阴沉，乌云压顶。随意走入一张帐篷内，空间宽敞，四周摆设木质长沙发，人身平躺的话宽松舒适。中间炉火正旺，八九岁大的男孩忙碌着，往炉里填充干牛粪，动作麻利干练。见客人进来，热情招呼，不卑不亢。大雨骤来，紧接着拇指大的冰雹倾泻，击打得帐篷噼啪作响。男孩忽地急走，撑伞外出，护送一位男子进来。这样的孩子，不久的未来就可以当家了！帐篷里的供应颇为丰富，有热烫的酥油茶，有面汤，超出预料的好味道，价钱与山下差不多，显现人心善良。

悦儿的胃口尚好，有些困倦，闭目养神一番。帐篷布壁上悬挂湖图，湖景平静悠远。

* * *

粗糙石块随意堆叠而成的通往拉姆拉错的“天路”依然如故，缺氧和天气多变双重作用下，登湖者气喘腿重，一步一艰难。

晓子三人刚走几步，迎面就传来婴儿的凄厉啼哭声，空谷传响，此起彼伏，一声更比一声紧，揪人心魄。一位奶奶背负婴儿，慌张着，苦笑着，小跑下来，应是知难而退。不久，又有一位老人家急匆匆背着婴儿下来，婴儿貌似沉睡，实则已是昏迷之相，脸青唇紫。无法理解这些家长的行为，致常识于不顾！

刚刚骄阳似火，瞬间就下起雨来，路面湿滑。一家四人登山，未走几步，四五岁的小孩呕吐难停，一步一歇。这里是景区并且收费高昂，为什么管理方只管收钱不提供服务，至今漠视登湖之困苦以及时常出现的急难，不安排医护人员或者志愿人士沿途解难救困？那好吧，如前年一般，晓子权且当当义工吧。于是上前劝告父母，晓以利害，让孩子回大本营休息，再往上走的话小孩的景况将更堪忧。大概是晓子长相不凶恶，一副好人的模样，言辞恳切有理，用意善良，父母顺从了。晓子开心起来，想起一句藏语俗话：“没有弯弯肚子，就别装镰刀头。”

前面，一家五人聚拢在一把小雨伞下面，不知如何是好，雨水已经湿了年轻母亲的后背。她无奈地笑着，不过很乖很听话，听了晓子的劝告以后，返回大本营，重新装束再上山，小孩没有随行。一身湿衣服不换的话，被寒风一吹，马上感冒，后果就不堪设想了。

风、雨、雪、冰雹，交织出现。乱石嶙峋，一步一挪。玛尼堆处处，形态各各，心愿满满，立于广阔天地间。

一位男子手撑大伞，横立挺身，做傲岸状，居高临下盯着瑟缩在一把小伞下的几个人。如果这个男人就是伞下人的亲人，那么他这副姿态，晓子只能鄙夷待之。有少儿嬉笑急跑，阻止劝慰之，并

寄言后行的家长，莫再如是。两个中年女子且行且停，互相倚重，一人不堪重负，下蹲休息。晓子告其不可如此，蹲也好坐也好，都不妥当，站立休息即可，不然容易晕眩，重新起身时天旋地转，更添苦痛。

有藏装妇女，眼神坚毅，不撑雨伞不着雨衣，踏稳前行。雨大时，只在大石伸出的棱角下方稍息，雨小即出，应是虔诚的朝圣者，意志坚实，不为风雨所困。

垭口高高在上，可望而难近。突现一抹彩虹，悬于云开见天的蓝幕上，闪耀着光芒。

* * *

越往上，地势越陡峭。悦儿气不喘，声不重，对答反应如如然然，笑容漾漾荡荡，晓子心宽生喜。

前面一个孤独身影引起晓子的注意。经过她身边，回头看，十多岁的貌似学生的姑娘，拖着身躯，一步一喘息，眼神急切而茫然，好似有泪光，嘴唇青紫发黑。她说自己来自云南，同伴们都在前头，可能已经成功登顶并热切欢呼着，自己还在半路，着急地说道："我一定要到达湖边，一定要，不能被同伴看不起，这是一定要实现的目标！"晓子一听就笑了，这云南妹性情倔，宽慰她：“别人怎么走，是别人的事；别人怎么说，是别人的观点；你的路要你自己去走，自己把握节奏，而不是一味地受人影响、被他人所动摇而影响自己的心境与步伐；量力而行，毕竟身体健康和生命安全是第一位的，如果这次不能如愿，那就第二次再来，不必强求。”晓子啰唆，讲了一堆鸡汤，味道不甜美。

“我一定要到达！”她斩钉截铁地说，“不过我现在头很晕，脚好重。”

“如果你相信我，就把这个吃了。”见她如此坚决，晓子掏出巴尔曲德寺金丹，开封，原来是如米粒大小的褐色东西。倒出三粒，云南妹依从，不假思索地含服。

“来吧，跟着我们一起走吧，跟着姐姐。”晓子指了指悦儿，悦儿笑应，她也愿意。

最后的一段路，最难走，将近70度的坡度。距离湖边不远了，顶上的经幡猎猎作响，欢呼声起伏在不远处。晓子一边慢行，一边喋喋不休地与她说些东拉西扯不着边际的闲话，指点景色，合影留念，分散她的注意力，平稳情绪。晓子不觉好笑，这时候说的话，比这几天说的加起来还多，话痨，成《大话西游》里的唐僧了。没办法，角色需要，剧情需要。

留意她的气息，时不时盯着她的嘴唇，成了“好色之徒”。“我涂了口红的。”云南妹被看得不自在了。服用金丹，再加上心情被抚慰，云南妹的嘴唇逐渐还原，显现涂抹了鲜艳大红的本色。

“到了，到了！我如愿以偿了！”顺抵湖边，云南妹兴奋难抑。

* * *

晓子终于登临神妙之地，经幡猎猎，风声萧萧，拉姆拉错徐徐展开了神秘的面纱。久盼之后真正到达，心中没有想象中的激情涤荡，倒是平静恬淡之心盈盈。

不同于羊湖、然乌湖，拉姆拉错向来不以旖旎秀色著称，而是变幻莫测，独有其韵味，独有其神妙，他湖所不能及。

观湖之地处于悬崖边缘，不过是一狭窄长条状地带，坎坑不平。雨水雪水浸积多时，泥泞湿滑，登临驻足之人敬畏精诚，默然谨慎，无不熙怡快乐。七彩经幡，灿然醒目；白色哈达披挂垭口，功德庄严。风起处，空中仿佛传来佛法僧声，细切清畅。两位老人家念颂佛经，喃喃有声，抚摸经幡，合掌恭敬。

居高临下，俯视拉姆拉错。环湖四周高山耸顶，外围坡地裸石突露、寸草不生；近湖处缓坡柔顺、绿草茵茵。湖泊其貌不扬，只是两山夹峙的一泓水而已，恰似拖着一条长长尾巴的大头蝌蚪，貌似了无神奇之处。浓云厚雾时开时合，阳光时有时无，淡蓝色的湖面笼着轻纱蒙蒙。两只大鸟掠过，空谷传声。须臾间，阳光无踪，天地苍茫，雪花飘下来，如丝似梦，融于手中，归灭地表。未几，阳光重出，水雾升腾，揉乱了绿野湖面。原先波澜不起、一碧无痕的湖面，荡漾起来，一抹黑线出现，被无形之力推送着，从下往上，往北面移去；旧的黑线离开，起始处再生黑线，同样的前行横进。须臾间，两条黑线聚合成形，恰似人脸，浅笑着……

惊叫声突起，警醒了正在远眺湖面、沉思遐想的晓子。急急循声而去，影影绰绰发现悦儿身体倾斜于高处，神情激动，手足无措，好像要掉下悬崖！“登高必跌重”啊！说时迟那时快，晓子一个箭步，将她一把拉住并从高处揪下来，紧紧抱住不放。惊魂未定，发觉身在稳实处，汗水下淌如流。

“不是，不是！这边，这边！快看，快看！”语无伦次的悦儿手舞足蹈、大惊小怪，全失平时的温雅娴静。晓子顺势看去：哇，我的乖乖！就在刚刚，湖面与垭口中间，平地里生发两道弯弯的彩虹，光色晃曜，一前一后，互相映饰；一端起于地面积雪处，一端缥缈隐于虚空中；底层蓝青黄平实凝重，外层红光炽烈如旺火燃烧；近在眼前，仿佛伸手可得。难得难见，喜心焕发，感叹拉姆拉错的微妙庄严……

* * *

悠然下山来。晓子点起香烟，吞云吐雾，身心柔软。正在往上走的

一位老人家睁大眼睛，说："这个时候还能够抽烟，肺活量真是好啊！"

莫言说得好啊："烟恋上了手指，手指却把香烟给了嘴唇；香烟亲吻着嘴唇，内心却给了肺；肺以为得到了香烟的真心，却不知伤害了自己！是手指的背叛成就了烟的多情，还是嘴唇的贪婪促成了肺的伤心？人生如烟，岁月无痕，烟自多情，却把自己烧得只剩下灰……"

* * *

两年间，两次登湖，途中各有风景人情。登湖之意趣，不只在成功登顶，而在于过程的领略与感悟。阿旺喇嘛问晓子以后会不会再到巴尔曲德寺来，多此一问了，其实原本就无所从来、无所从去。同理，以后还会再到拉姆拉错来，再来时不再是以前的色身，依然是恒常本初的心……

缘结
西日卡

一

藏族朋友珠拉到朗县的西日卡村驻点扶贫三年。

我和珠拉说好了，会去村里看望他。珠拉发来相片，展现村落一角：下雪后，黄昏时，自天边来的连绵山峦延至眼前，夕照衬托一栋两层高的崭新藏式小楼身姿，天地静寂，了无人影。某个清晨，珠拉兴奋说起，村后面溪流湿地上，发现狼的清晰脚印！《藏地密码》一书中关于藏狼的神秘描绘浮现脑海，我跟着兴奋起来，说我要去实地，看看能否遇见藏狼。

电影《冈仁波齐》导演详尽描述了在筹备拍摄前期，陌生人踏入藏村并深入接触村民、体会日常生活，不是易事，有许多难言难明之处。我也有粗浅经历和体验。西日卡村作为当时的贫困村，可能更为困难。恰好有了珠拉的驻村因缘，我可应天时、接地气、顺人和，从容行走。

西日卡村在朗县境内，属于金东乡管辖。经历使然，脑海中不由自主地浮出画面：凛冽寒风在破旧村屋间呼啸横行，衣裳单薄的村民脸色黯然，天地间灰蒙一片……

2018年7月，我和郑哥从林芝市区到达朗县县城，自驾，用时七个多钟头。

二

朗县，地处藏地一隅，沉寂存在，虽然旅游资源丰富，却不是旅游旺地，外来人员稀少。所谓县城，就是一条主道、两边商铺住家。在西藏工作的好友小郭摇头叹气说，在这个没有朋友、没有消遣的地方工作，待了半年，差点患上抑郁症！就是白天，县城也难得有热闹，清淡、静寂是其主色调。我走进商店，又走出来，店家始终沉浸在手机世界里，眼皮抬都不抬一下。只有从山上奔涌而下的河水声声入耳，街上时不时跃跳着的狗儿低吠，还有夜晚山坡上巨大的“文化朗县”四个大字灿然生辉，这个县城才显现律动。

那天，开着越野车，向西日卡村行进。郑哥熟稔藏地，不过没去过西村，不知具体路径，只能探路前行。驻村扶贫人员在村里等着，通信畅顺。

车少，人稀，路顺。时不时发现小型猫科动物陈尸路面，车子与动物间未能相谅相让。正沉思间，忽然一条白影从路边窜出，闪过车头，随即传来沉闷声响！郑哥谈兴正浓，没有察觉，我心里一紧，不出声言明，阿弥陀佛！

前方道路分岔处高大牌匾上，“金东乡”三字醒目。山峰耸立，通身光秃，土质疏松；小河欢声快步，窄窄山路间无畏前行。山腰处，隆隆机器声震耳，一个洞口显现，正是拉林铁路施工处。无处生有，在荒芜处开凿，于艰险处挺进，硬是拓出一条天路来……

前路于山脚处被大片麦地裹住。正是成熟时节，金灿亮色染黄四野，谷穗低头浅笑，清香飘扬。坡度稍缓山间，方格状麦田星罗棋布，黄的田、绿的野、灰的山，错落有致，融合无间。越往山里走，越往高处走，黄斑渐乏，绿意渐旺，泛着轻柔白沫的溪流奔涌而来，响声激越。细雨生发柔飞，轻风沾湿飘拂，天色空蒙；零星农舍静立原野，牦牛悠闲甩尾，或低头啃草，或默然沉思。

走了好久，不见村落，陪伴我们的是长流不息的小河，是连绵不断的高山。不见路牌，没有指示，幸好只有一条路，而且手机信号良好，大胆前行。终于发现前方一处村落沿着道路展开，屋舍俨然，林木广植，绿意流淌。一台崭新的现代化收割机从前路威猛开来，高傲

地折入路边小道。路牌标示：巴顿村。小商店里，三个藏男身影黝黑，瞄了一下我们，继续闲聊；两位身着藏服的村姑坐在屋舍门槛上，揉弄着毛线，随意闲谈，脸色清淡。

戴着红帽子的小女孩迎面而来，高原红凝在消瘦的脸上。问路，女孩愣了一下："金东乡啊，离这里还好远呢！"手指远方，云深不知处！

前行半个多小时，一处好地方，路两边都是两层的单家独院式建筑，以围栏与道路隔离。院子里栽植的苹果树枝叶繁茂，浓荫蔓布，红通通果实缀于叶中，雨水成珠依恋在上，鲜活诱人；春色关不住，枝干越过围栏，苹果悬挂半空，惹人垂涎。家家户户遍植花草，盆盆捧出绿意，株株绽放笑容！

这里是金东乡政府所在地。路边有序展开精心制作的长列宣传板，红色基调闪烁光芒，"强基础惠民生、凝心聚力促发展""同谱农运奋进曲、共唱金东和谐歌"等标语醒目，电子屏幕上跃动着"纠四风正作风、树形象优环境"红字。

一长排两层建筑，一间学校，几间商店、茶馆、旅馆，还有一家摩托车修理店，就是乡政府所在地的全部。驶离街道，扑面而来的肌肤粗糙的高山，像一张破碎的脸，风吹则尘动，雨淋则倾泻。因近日大雨滂沱而汹涌奔腾的河流，冲涤大石，迸激生发的白色浪花气沫飘散，凉丝丝的。山路狭窄，沿途一直在修路，行走坎坷。我们且歇且行，不生怨心。沿途除了修路车辆，未见民用机动车，只有一辆摩托车艰难行走，装载纸巾等生活日用品，车手全身泥泞。以后路况好了，大山深处的扎龙村、拉康村、康玛村、尖堆村等村落的人们，就可以结束只能步行或者依靠摩托车出山的历史。路好走了，天地就开阔了！

三

山路越走越高，水流越拉越细。所谓的路，就是有人畜走过、有车轮碾压的印痕，四周荒草荆棘密布。路势直上而陡峭，急弯多，郑哥好身手，镇定自若，在高大横生的灌木丛中穿插行进，勇往直前，安全到达山顶。山顶，是另一座山的山脚处。居高临下，被河流切割而成的三角形地，酷似巨鳄静伏，尖喙正是两河交汇处，惟妙惟肖。

山顶沃野之间延伸出去的长长丝线，就是路，隐没于远方的苍茫。微凉的雨无声无息滋润万物，高山身披绿衣，草色青葱洁净。草甸绵展，由深绿色而黄绿色到乳绿色，色调渐浅，色斑渐淡。丛丛黄色花儿开成彩带状，怒放路旁。簇簇高立的长秆植物顶梢挺着喜洋洋的棕红色花，风吹拂，远眺如跳动着的火苗。“陌上花开，可缓缓归矣。”时到花自开，开在平常处，开在季节中，开在大千世界里。花开总有时，花落衰败也是常情常理，如同天上明月的圆缺阴晴，循环轮回，生生不息，四时有恒。车子前面闪过来一团棕红色，定睛一看，原来是一匹母马护着小马驹，低着头，撒蹄而过，一过而无踪。

遇见修路工人，借问西日卡村何在。他向远方一指，一直往前，走到无路处，就是了！前方重峦叠嶂，一山更比一山高。

穿过一处十来户人家组成的村落，院子围墙和房屋墙身，全由石块垒起筑成。石块与石块间用泥土黏结成体。户户院子里堆放的木块成小山状，任由雨水淋漓。听到车声，一个娃娃双手攀墙，偷偷张望；眼窝深陷的老妇人，抬起枯瘦发黑的脸，微张着口，淡淡地瞄一下，低下头继续劳作。紧贴着老村子的空地，正在修筑新房，地基也好，墙壁也好，全以石块为料。过了村子，走了一段时间，四野空旷，空

无人烟，只有浸透了绿意和雨水的宁静弥漫天地八方。

绕过一座又一座山，行过一个又一个弯道，原先逼仄境况突然一变，天地开阔起来。一条笔直的白水欢快奔流而来，河畔是一大块宽广平坦的草地，头戴草帽的女人们正一手提麻袋，一手持夹子，忙着清理垃圾。这就是日前珠拉告诉我的，一年一度盛大的金东乡民间传统节日的举办现场。筵散人离，从尚未拆除的主台棚架，可以感受到活动的盛况与热血沸腾的场景；从风声里，仿佛可以听闻爽朗激越之声的荡漾；从流水里，依然可以探察美酒歌声余韵之悠长。前两天珠拉兴奋地说，你们真有福气，恰好可以遇见金东乡的盛会，就在去西日卡的必经之路上。最终擦肩而过，不过没有什么可遗憾的，一笑而过。

越往高处，寒意越浓，侵入肌肤。经过一处村落，依然不是目的地。高山直削挺立，巨石暴突；斜坡矮木漫布，绿意荡漾；白云缭绕，飘摇游离。“水因有月方知静，天为无云始觉高。”宽敞平坦盆地被田坎分隔成块，作物青葱喜人，丰收在望。前面路经之地的作物已可收割，大山深处正等时序，应了“人间四月芳菲尽，山寺桃花始盛开”诗句所揭示之境。人往高处走，江流天地外。原先陪伴身边的滔滔河流，越来越细小，如今只是一抹白线，时隐时现于丛林间。

四

因扩路修路而暂时封路，我们下车行走，活动筋骨。举起相机，拍拍劳动者的身姿。一位年轻人扯了扯同伴的衣裳，示意他抬起头来，给一个正面照。同伴抬起头来，嘿嘿笑笑，又低下头去继续忙活。靠山内侧，十来位女子分工合作，有的在掺沙，有的在和泥，都是粗重体力活儿。一位手握铁铲的年轻女子看到我正在拍照，不好意思地低头顺眉，腼腆而笑，露出洁白的牙齿，映照出满脸的烟尘色。

此时，驻村扶贫组阿旭来电。进山时曾经联系过，只是中间信号不通，未能保持即时对话。原来他在下面那个村里等我们，竟然错过了，现在赶过来会合。西日卡村还在山的那一边呢。

走到无路处，就到了。"西日卡村"的路牌，用了三种文字描述。70公里，花了三个半小时。我们停车歇息时的高山峰顶，如今就在对面，几乎触手可及，中间只隔着深不可测的峡谷。巅峰之处分为两个山头，似极相依偎的老夫妇窃窃低语着，亲密之意洋溢。

想象中的西藏贫困村，是破败之貌、萧索之相，是人面消瘦而凝滞，了无生机，困顿和窘迫是主色调。错了，错了，想象与现实，反差巨大！

村子依山而建。转入村里，映入眼帘的是一栋崭新的两层带庭院的藏式屋舍。基座端正，窗明墙净，厚重稳实，屋顶上国旗飘扬，猎猎作响。一路走来，沿途所见村落，这是最好的建筑了。洁净光亮的水泥路迎面而来，人行道上新栽不久的松树绿意盎然。路两边的村民住宅新建未久，样式一致，清新舒适。

车子在村道末端四层楼宇处停下，这里是村委会所在地，也是驻村扶贫组的办公和生活地。醒目的宣传栏融合了红色基调和藏地要素，张贴的"发展中的新西藏"图片，一边是旧社会惨不忍睹的景象，一边是今天意气风发万象更新的动人画面，对比鲜明，印象深刻！扶贫组工作走廊处醒目张贴着"西日卡村扶贫户脱贫措施细化表"，条分缕析，产业扶持对象、社会兜底对象、医疗救助对象、教育扶持对象、就业转移人员等栏目，内容详尽，一目了然。

珠拉因为工作原因，暂时离开扶贫组，不在村里。扶贫组六名同志都是林芝市直单位的公务员，分两拨轮班驻守，一拨人半个月时间。日常自己做饭，生活用品靠外运。村里没有商店，高寒山区种植不了蔬菜，村民生活必需品对外依赖度高，日子简单俭朴。

阿旭带领我们到村子里随处走走。枣红脸色男子陪同，是村书记。其时，雨丝飘散，寒风拂面。

村书记说，村里总共才一百来号人，原来村落破旧不堪，现在基本上家家户户都住上了新房子，这要感恩党和政府的关怀。近年

来村子每年都有项目，村民通过从事村里环保、保洁、治安、边疆巡查等工作，每月都有可观的收入，衣食无忧。青壮年劳力外出打工，每月可挣两千元左右。此外，对口帮扶的广东省给予了无私的援助。所有新建住宅和公共配套设施，都来源于广东的财政投入。村民新宅，有庭院有屋舍，牲畜棚与住宅区分离，整齐清洁；特别值得一提的是，家家都修建了独立的卫生间，配备了现代化的厕具，村民已经逐步接受，有利于卫生健康。五保户的家，也和其他家庭一样的格局和面积，无分彼此。修建中的公路完工后，出入便利好

多。村子很快可以脱贫，驻村扶贫组顺利完成工作任务，今年年底就可以撤离！

村书记对广东援助的感激之情，发自内心，因为援助之实，人所共见。之前在林芝的餐馆里吃饭，店家知道我从广东来，感恩广东援助的话句句真诚。十来年前的林芝市区，还是二十世纪八十年代广东一个落后乡镇的模样，衰败萎靡，雨季之时处处烂泥水迹，霉气散发。如今，在广东和福建两省的合力援助之下，林芝发展日新月异，变化翻天覆地，旅游业蓬勃向荣，“醉美林芝”声名远播。

五

村里有一处原来十八军某部驻点红色遗迹，基本保存完好。两层建筑外表完整，石块砌成的墙体上的弹痕清晰可见。没门可进，只能从侧边木梯上去，从窗户爬入。

正准备爬梯的时候，两个小孩出现，五六岁年纪，一个男孩一个女孩，定定地凝视着我们，眼睛里看不出内容。男孩蓬头垢面，衣裳污迹重重，外衣短内衣长。女孩胡乱扎着两根小辫子，貌似好久没洗过脸，蓝色牛仔上衣里面的高领内衣肮脏不堪。这是我们到达村里后，除了扶贫干部和村书记外，最先遇见的村民。

我们有备而来，拿出从广州带来的巧克力等食品，分发给小家伙。他们默默地、怯怯地接过去。男孩眼神闪耀光芒，脏兮兮的右手将巧克力捧到脖子处，左手食指伸进嘴里，好似在尽力抑制住喜悦和激动。女孩两手抓紧食品，垂放身前，脸色怔怔，与年纪不相称的忧郁眼神里好像显现着另外一个世界。此时，闪来一个黑色身影，身着黑衣头发蓬松的中年男子，长着形如老鹰喙子然而无力黏附脸上的鼻子，眼神软绵，全身散发发霉气息。可能是小孩的父亲吧。

听到阿旭的招呼，我离开他们，爬进被称为“红楼”的革命建筑。二层空间开阔，四面窗户透光，中间为天井，室内光明。岁月久远，又或许是当年燃柴取暖熏烤的缘故，墙壁也好柱子也好，颜色灰黑。室内无家具无构筑物，徒有四壁。倒是墙壁上余存的好几幅形象逼真的花卉画和动感十足的活鱼图，并以藏文相配，不知何时何地何人所为，雅兴盎然。其中发生的一切早已雨打风吹去，老故事留待有心人去挖掘、整理、阐述并活化。

红楼天面的煨桑炉，烟气弥漫，松香宜人。相邻一处低矮民舍，残破萧索，青苔蔓生的一根长木从红楼这边吃力地撑住外墙。阿旭说：“这是村里贫困户居住地，属于危房，还住着人。等在建的新屋落成后，就搬过去。”我们下到红楼一层，光线灰暗。一抬眼，看见那个男孩倚在危房门框上；女孩倚在危房墙壁上，右手抚摸一只活泼可爱的小狗，左手拿着巧克力。他们都盯着我，不说话。其时那个中年男人突然幽灵般地闪现，浮着不明不白的笑，有些诡异。

我问阿旭：“这里就是他们的住处？”

“对的。”

“可不可以到他们家看看？”

“完全可以。”

他们守候在此，难道就是为了邀请我们去他们家吗？应该是，依旧一言不发的男子笑呵呵引路，两个小孩飞一般奔在前头，又停住，回过头来等盼。

门口是四层石板逐级叠成的门槛，板面开裂破碎，破旧木柜和木梯横放，杂物横七竖八。中年男子不见踪影，门内显出两个小孩翘首以待的轮廓。

走进厅堂，清冷，灰暗无亮色。糊墙的报纸发黑，随意摆放的陈旧家用器具杂乱无章，瓶瓶罐罐到处都是，椅子上扔着旧布，柜子底塞着袋子。炉灶门露出两截木柴，然而灶里是冷的，炉灰是浅的，两个铁壶张着空洞的嘴。除了临近窗户的小床铺可以坐坐，屋里竟然没有休息之处。两个小孩随意爬上床铺自在快乐，时不时对着我的相机镜头挥手欢笑。

我们走出屋子，小孩没有跟随。

一位老妇伫立路上，左撑拐杖，右握长棍，笑成一弯月，专注地盯着我们款步而来。老人家一身朴质，淡定从容，身影和对面高山峰顶相合成景，浑然一体！林清玄先生说过："平凡者，就是平顺、安常、知足，平凡人的一生就是平安知足的一生。"我们都希望能够出人头地，能叱咤江湖，然而时也命也运也，风光终归是一时，平淡最难得！

村书记邀请去他家坐坐，我们欣然而往。

先见牲畜棚，两层的架构，场地宽敞。石质围墙夹住木门，晾晒的衣服风中飘扬，羊儿随意走动，时不时向外张望。牲畜粪便黏附石墙，老的干燥泛白，新的湿润发黑。

走廊处，巨大的陶质大缸蓄满清水。书记指着密封大桶说："装牛奶的，满满的；今天刚挤出来，自家产的！"

书记家的厅堂，和小孩家是同样的格局，不过光线明亮，窗洁几净，宁和静谧。入门左侧一长溜描花绘草的柜子整洁清爽，电饭煲、电热壶等电器物品摆放井然有序，其余三面靠近墙壁处摆放坐躺两用的覆盖鲜艳毛毯的长条床铺；中间炉灶上的水壶热气腾腾。白色哈达精心缠绕的貌似是一对羚羊角，色泽黑油，形态威武。

喝上了香喷喷的酥油茶，温热暖心，身上寒意一扫而光。两碗饮尽，精神健旺起来。

“这些电饭煲、电热壶，都是你们广东捐献给我们村的，每家都有！”书记感恩地说，“能猜出这是什么东西吗？”

我循指看去，一个模具，耕牛拉耙正在劳作之相。

“没错，就是啦！郑重挂在这个位置，抬头常见，就是为了时刻提醒子孙，不能忘本！时刻提醒子孙，要靠自己的劳动来过上好日子！”

书记朗声说道。

“我们这里的冬天特别冷，下大雪，路结冰，出不去，只能待在家里，”书记淡淡地说，“十月就会下第一场雪，一直持续到来年四五月，大雪是常客和熟友。好在现在有电了，不用像以前只能燃粪生火。”说着，递来手机视频，只见大雪飘飞，村子银装素裹，白雪厚压红屋顶，天地静谧空灵。一个风雨交加的夜晚，关在棚屋的一头牦牛竟然被野兽硬生生、血淋淋地啃掉了一条腿！冬日里，村民进山时无意发现狼窝，竟然发现四只狼崽因饥寒交迫而夭亡！怪不得近村的河谷地在春天里会出现狼的身影并留下清晰足印了。

在这样的环境里，人也好，野兽也好，活着都不容易。所以，每年庄稼收割完毕后，附近七里八乡的人们会共同约定在七月的日子里，身着盛装，汇聚一地，载歌载舞，游戏作乐，尽情欢庆……

说话间，走进来四个男子，齐齐坐到屋角处。原来是家人，年纪大的是书记的哥哥，低首少言，腼腆侧坐。两个少年怯颜不出声。倒是小孩睁大眼睛，定定地，好奇地打量着我。见我看他，赶紧侧身，把头寄托哥哥的大腿上。

屋子后面是大院子。洗手间设置于院子侧角处，地板和墙壁全部贴了瓷砖，厕具款式先进，全部来自广东。

院子的矮墙上，黑屋子里那个男孩，正和书记小儿子说说笑笑，眼神明澈清纯。虽然都穿着卡通图形外衣，然而肮脏不堪和洁净明亮，对比耀眼。好在儿童的世界里，衣服的脏洁并不会成为快乐交流的隔阂。

像他们这样的年纪，我正在海南的农场里奔跑，在溪流里捉虾摸鱼，在椰林下与穿山甲不期而遇……醉心于阳光下灿然莹润的露珠而快乐，不会忧郁生于黑夜的露珠因为日出而早早结束短暂的生命。虽然身上衣服脏兮兮的，不过这是摸爬滚打的沾染，是天真快乐的伴生，是自然色彩的依附。农场里的一日三餐清苦，然而记忆深，因为有游戏，有快乐！

周国平说："在所有的孩子身上都观察到，孩子最不能忍受的不是生活的清苦，而是生活的单调、刻板、无趣。几乎每个孩子都热衷于在生活中寻找、发现、制造有趣，并报以欢笑，这是生长着的智力的嬉戏和狂欢。然而，人们往往严重低估孩子对于有趣的需要。"

走出庭院，回到村委会办公地。风细细雨飘飘，山坡上芳草连天，黄叶锦被，花儿含笑，清泉淙淙。一只肥硕的狐狸被吊在一间棚屋里，随风飘荡……

七

我们欣然接受邀请，同扶贫干部们共进午餐。

扶贫干部平日里都是自己解决一日三餐问题。村里时不时会停电，

今天用电饭煲煮饭期间就发生短暂停电现象。小黄一脸歉意，怕饭夹生而怠慢我们。趁着炒菜的空隙，他急匆匆从楼上宿舍提着两瓶饮料下来，抱歉地说："只剩下两瓶了，晚点要叮嘱下周的接班同伴带些过来才好。"

一共四个菜，丰盛：辣椒炒鸡、豆干炒青椒、木耳炒鸡蛋、青菜。烹饪水平真不错，热气腾腾，香味四溢，胃口大开。食材本身就非常棒，比如这鸡蛋就是非凡物，高原养鸡不易，鸡蛋产量少，味道好极了。鸡肉，是昨晚阿旭从林芝市区特地带过来款待我们的！木耳为本土野生，自然美好。八个人吃饭，椅凳不够，有的捧碗站立，边吃边说说笑笑。

“这样的天气，现在的季节，正是上山采蘑菇的好时候啊！你们下午和我们一起去吧，晚上蘑菇炖鸡汤！”小黄对我们说。风轻轻，雨柔柔，在漫山绿油油的青草黄花里寻觅形态优雅、味道鲜美的蘑菇，多么有趣的游戏呀！此地菌类品种特别多，有的非常特别，比如村里称为扫把菌的，形态逼真可爱！上山采菌，心向往之，得留待未来了。除了扶贫干部，平时很少有外人来到这穷乡僻壤，更别说留宿。

朗县也好，村里也好，除了蘑菇，还盛产虫草和松茸！采集并售卖两物，是村里的重要收入来源。上天给每个人、每个地方的机会和恩赐是平等的。每年五六月间，四面八方售买虫草的人齐集一地，小小的朗县街头熙熙攘攘，街道两边尽是一簸箕一簸箕的新鲜虫草，蔚为壮观。

七月，是采松茸的季节。松茸隐藏于密林深处，采集人凭着经验和直觉，低着头弓着腰，在落叶覆盖的潮湿地面上细细搜寻。用手轻轻拨开地面蓬松的落叶与尘土，一个圆滚滚的顶盖突出来，就是苦苦寻觅之物。需要从外围土壤入手，松土挖掘，用手握住菌身，用刀横切躯干，留下底部菌根，以利来年继续长出新的松茸来。如此，不会破坏生态环境，有利于生养永续，达到生生不息的平衡。采集人一大早出发，趁着夜色，伴着星光，步行两三个小时的山路才能到达产地，有所收获后再步行下山，再辗转到收购点，务必在保证新鲜度的前提下售出。

吃罢午饭，我们就告辞了。

“欢迎你们再来，到时候到我的牧场走走！”书记相邀，眼里发亮。

周围高山环绕，然而山间有缓坡有平地有溪流有河谷，万象万物隐于山水间。书记的牧场就在那里面，高山流水韵依依，牛儿壮，花儿俏……

* * *

有人会问，既然村里人口不多，为什么不将村子整体搬迁到适合居住和生活的地方，何苦在此挨贫受苦的？远离了交通不便，远离了耕作困难，也就远离贫困了。

没错，从表象看，西日卡村与城市比、与县城比、与外面的村落比，确实存在世俗意义上的“贫困”。然而究竟什么是“贫困”与“贫

穷”？林清玄说得好，“生命的幸福原来不在于人的环境、人的地位、人所能享受的物质，而在于人的心灵如何与生活对应”！我沿途所过，人们没有颓唐、沮丧或者悲伤的神色，相反，是辛勤劳动之后的安详和知足，是随遇而安，是安身立命，是对未来生活会更好的热切期盼而奋斗着。物质生活与外面世界相比而言，确实存在窘迫之处，生活内容不如他处丰富多彩与繁花似锦。然而生活各有各的好，适合自己的才是好的，才是真实可靠的，才是生生不息的。这物质上的紧张与生活上的不便，只是一时一局的暂时存在。我们作为外人，看到的只是这个村子的局部和侧面，是碎片，是掠影，并不能真切地知道她的全部。“贫困”一词，难以去定义，这是一个复杂的词语。人活得好不好，只有自己知道，冷暖内心知！我们说他们贫穷，是将外部的标准和尺度强加于他们身上，是我们带着优越感，带着高高在上的心，给予他们武断和错误的评判！人的贫穷不是来自生活一时的困顿，而是失去做人的尊严和精神上的贫乏；人的富有也不是单单来自物质财富的累积和显耀，更多的是活得有信仰、活得有敬畏、活得有乐趣、活得丰盈，少欲知足，知足常乐，精神家园生机勃发。村人甘于留守此地，自有他们的理由，厚实地、真切地、自在地活在当下，非语言所能知解。

精神的富足和心灵的丰盈，正是善良人们满满的洋溢外发的财富。这一点，难道不正是现今处于浮躁喧嚣、急功近利的都市氛围中，好多人所缺乏的吗？如此对照，都市里的贫穷，又该如何去审视和救治？

八

有句话说得有道理：所谓慈悲就是，无论伤害发生在谁身上，你都能感觉到疼，而不是庆幸不是自己。

两个孩子的音容面貌和生活状况，在我的脑海里翻腾。能否为她们做点什么，让她们能够和其他孩子一样，可以穿上干净的衣服，可以洋溢笑容？

小黄是扶贫组组长，对我说，家长都愿意接受帮扶，只是不知道以何种形式。至于读书，她们读书的费用是全免的。如此，孩子衣裳单薄破旧，先寄些新衣服吧。

小黄急匆匆去落实，回复说，俩小孩都偏矮，都是女孩！

“小孩子的衣服那么脏了，父母也不洗一洗吗？”我问。

“五岁那个叫曲珍，没了父母，现在全靠爷爷奶奶带着；六岁那个叫卓玛，没了妈妈，爸爸是酒鬼！”小黄说。

哦，原来不是一家人啊！酒鬼，那个幽灵般的男子。

想到珠拉先前介绍给我认识，我也通过电话联系的金东乡书记乔顿珠。扶贫组人员不久将撤离，快递公司不能将物资直接送达村里，只能寄到乡政府所在地。

“好的！我替她们谢谢您！我们什么都没做成，实在不好意思！下次您要过来直接联系我啊！”乔书记一口应承。

乔书记介绍曲珍的情况：出生不久，父母离婚，父亲回了老家，一去休休；母亲离家出走，杳无音信；自小就由爷爷奶奶抚养至今。爷爷年纪渐大，劳力渐退，奶奶长年身患关节炎等病，收入微薄。前年经村里评议，他们家被定为村里的贫困户，政府给予救济。

“世上千般苦，无人苦相同”，潮汕老家俗话如是说。好歹卓玛还有父亲，虽然酗酒，然而终归拥有父爱。曲珍郁郁寡欢，小小年纪经受着生命难以承受之重之痛。

听过一个故事。一个小女孩不明白父母离婚了，三岁的她在幼儿园里会情不自禁地对老师说：“老师，您能不能像妈妈一样抱抱我，我已经很久没有见到妈妈了……”

一名三年级学生写了一首《挑妈妈》的小诗：

“你问我：出生前在做什么？

我答：我在天上挑妈妈。

看见你了，

觉得你特别好，

想做你的孩子，

又觉得自己可能没有那个运气，

没想到，

第二天一早，

我已经在你肚子里。”

每个孩子都是天使，趴在云朵上，认真挑选父母。他们挑中了，然后丢掉天上无数的珍宝，光着身子，像一无所有的小乞丐一样来到。他

们装出无助的样子，其实心里只有一个主意，就是要全心全意地爱你。

* * *

遇见了，就是缘分！和热心人士一起，做一件有意义的、力所能及的事。一呼即应，梦姐、小宇等好几个朋友相帮，分工合作，没多久就准备了两大包崭新的衣服、鞋子、玩具、袜子、手套、护肤品等物品，随即快递到金东乡政府。

“您放心，我一定送到！专门派车送到村里，交到女孩手里！感谢您！我替我们的两个小孩谢谢您！是缘分！”乔书记说。

性情中人，我喜欢这样的人！

9月11日，礼物顺抵西日卡村。

扶贫干部专门在村委会会议室举行了仪式，邀请女孩家人到场，接收礼物。小孩都清洁一新，脸蛋白净，衣服清净，地道的藏女打扮！小家伙坐在长椅上，抚着大箱子，眼神兴奋。

“你们想得很周到，啥都有。两个小朋友高高兴兴提回家了。鞋子大小也合适！”黄队长很开心。当天，她在朋友圈发出相片，写上了“粤藏一家亲，缘起边境小康村的偶遇，便成了挥之不云遥远的牵挂”的话语。

不久，黄队长说：“西日卡村幼儿园即将竣工，明年正式开学，惠及周边四个村的孩子们。应该有二十几个孩子入学，现在正在招老师。能否帮我们协调一些幼儿书籍和玩具呢？这个比资助一两个小朋友更有意义吧？”我不假思索，一口答应，发动良善朋友一起来做，很快有关物资就抵达远方。

两年后，我再次来到朗县。曲珍脸色红润了，长高了，壮实了，难得的是露出了童真的笑容。妈妈回到身边了，她心有所依、身有所养，生活欣然……

月光遍照

一

“你们都别碰我！我的腿断了！”

面对蜂拥而至诚表关切的队友，我大声呼喊。

没想到与对方守门员的这次碰撞，如此剧烈强劲，我跌倒在地。好似是有预感，还是有神灵护佑，我没有习惯性地站立起身，而是稳坐着，抬起右腿，只见小腿部位中间耷拉着直折下来！骨折了？我闪过念头，再次察看并确认，立即双手捧住小腿，固定位置而不使之发生位移，免得发生二次伤害。伤处皮肉完好，没流一滴血。我没有惊惧，竟然很淡定，心中无所思。伤处没有疼痛感，一点疼痛感都没有。

雨天，夜晚，一切发生于一瞬间，快速得自己都不明白是怎么回事，就这样子了，事后极力回忆，依旧惘然。球赛激烈，雨天的环境下我特别兴奋，状态神勇，进了两球后更是杀得性起。当是时，单刀球，疾进，察觉守门员弃门而出准备封堵，我将身体重心稳在右腿，准备左脚挑球，来个巧射。可能先前屡屡失球，守门员心理遭受重创，这次出击异常凶狠，整个人横扑而至，像一堵黑墙，势大力猛。我没

有闪避或者来不及闪避，或者想到了没做到，悲剧就此发生。守门员一时间呆若木鸡，愕然惊惧，脸无血色。事后，队友描述，肉身碰撞声响彻球场，夹杂着貌似骨折的可怕声音。

我静静地坐着，没有埋怨，没有悲伤，坦然面对和接受发生的一切。抬头上仰，天空蓝黑，了无星辰，月娘隐迹。忽然间，心中不由自主地开始默念起“南无药师琉璃光如来”来，一遍又一遍，绵延不绝，心神宁和。

队友“船长”（陈军）飞奔过来，看明白了，很专业、很到位、很体贴地帮我护住伤腿。他受过伤，知道妥当的护理方法，我可以休息一下。

电告家人，林姐姐一如既往的冷静淡定，处变不惊，立即赶到现场。

救护车呼啸而来，阿甫、碧哥、船长等队友小心翼翼地将我抬上，安顿周全。活了半辈子，第一次坐上救护车。

没想到会以这样子的方式告别绿茵场，以这样子的情形结束三十来年的足球生涯。好几位队友就是因伤痛而作无奈的别离。不过人世间人间事，总有别离那一天的。聚散皆是缘啊，离合岂无凭？！

“你不知道今晚是关地狱门的时间吗？”妹妹听说我事，脱口而出。

是的，那天恰好是农历七月三十，七月的最后一天。农历七月，在潮汕地区被称为“鬼节”，属于“粗月”，不宜操办好事，也不宜夜行。传说初一是开地狱门的日子，阎罗王给在地狱里受业报受苦难的鬼们放风，准允它们在七月里出来溜达，接受人间的施舍。潮汕地区传承中原地区的风俗，在鬼节里开展施孤（也称恤孤）活动，延续千年，至今隆盛。夜间，家家户户自发在路上摆设供品，点烛燃香，通过特定的仪式，布施三途恶趣众生及孤魂野鬼。是为良俗善举，散发一缕慈悲心怀。

可是，谁会想那么多的呢！？每周一下午六点到八点的时段，经年累月，快乐足球，风雨无阻，哪会去想当天是什么特别的日子。或许命中就有此劫，逃无可逃，不是发生在球场上，或许就会发生在别处，以另外一种方式遇见。如此，我宁可发生在球场。无谓的纠结，只会苦痛心情，加剧创伤，于事无补，反增劳损。无须怨天尤人，不必懊悔悲叹，顺之适之安之。古人言：祸患焉知非福？所以，对方队

（陈逸航　作品）

员特别是守门员在我入院后表达探望之意，知我性情的队友黄金甫婉拒，心意领受而无须亲至，毕竟是无心之失嘛。

周国平说过："人无法支配自己的命运，但可以支配自己对命运的态度，平静地承受落到自己头上不可避免的遭遇。"

康复后回返工作岗位，一直为我精心打理办公室花草的同事小巫说，我受伤的第二天，原本葱绿的富贵竹一夜之间全部黄萎。难道花草有情有感应？又，受伤前几天，发现顾肚棚的万年青开出了美丽的花儿，对花站立，颇多沉思，因为家乡说法，万年青开花，可能是不祥之兆……

二

救护车按照医院的划分范围，把我载到了一家大医院。人生第一次平躺着，被推行，仰视世界。

被安置在大厅一隅。虽是夜间，人声嘈杂，人影倏忽。亲朋好友心急如焚，急盼医生诊断救治。我倒是镇定，只感觉像是在做梦。

"医生，可不可以先治疗再付费？我是一个人来的，没有别人可以帮忙。"有人大声问询。

"不行，按照规定，必须先付费再治疗！"斩钉截铁的回答。

我侧过脸去，看见一个男青年双手血淋淋，焦急而无奈。

队友联系到医院的熟人，有熟人了就好办事，我这个情况也属于急诊范围。马上有医生过来探看，用石膏固定，拍片。出片挺快，显示小腿两根骨头全折断了，好在断得齐整，也归功于一路的保护得当。这医院属于西医范畴，无论伤口如何，一律动刀子解决，只是没床位，等着吧。单位领导龚处热心关切，迅捷将片子传送给其他医院的骨科

（翁益　作品）

专家，得到的治疗建议是完全可以采取中医保守疗法，不必动手术。

按要求到外面做核酸，一行人在大门口歇息，商量下一步。我不想动手术，虽然术后恢复快，然而有利有弊。康复后，又要再次将钢片取出，对身体是两次的伤害。既然专家认为完全可以中医保守治疗，那何不采纳之？只是急切间，又是夜里，怎么联系得到中医院和医生？

时已深夜，大家都忙碌操办我的事，趁机吃点东西，填填肚子。我抽着烟，凝视吸燃之后袅袅腾挪的烟雾身姿绰约，幻化千般形状之后，消逝于无形中。

阿甫联系到了不远处某家中医院的陈医生，得到了真诚热心的回应，准备从家中出发为我诊治。正是这位医生，先前治疗好了阿甫的伤痛，为阿甫所感念和惦记。

大医院救护车只负责接入伤员，不提供送外服务。好在医院内随处可见的广告，帮助我们联系到了“野鸡”救护车。这样的救护车，只是没有“名分”而已，车辆和配置设备还是很好的。于是，我被推送到了中医院。

进入静悄悄的中医院，沐浴在惨白的灯光中，心情轻松，欣慰可以第一时间得到救治。以前对医院没有好感，反感那个氛围和那股气息。自从老妈住院之后，长时停留，见多了生死离别，习惯了也就适应了，坦然面对和接受无奈的现实。

我被推入一个明亮的房间，看来是手术室。除了陈医生，还有其他医护人员。陪伴的家人和队友，在外面静候，波哥和晓红也来了。

此前波哥到处致电，寻求医疗信息。真是辛苦他们了，无言感激！听说其时他们几个家伙在外面拿着我的片子，聚精会神开会研究，充分发扬民主，分别发表意见，一致认为：保守治疗切实可行！特别是既是“船长”，又是“全科医生”的陈军，以前曾经伤过右脚筋脉，治疗过程愁惨悲叹，兼之见多识广，更有发言权，更有见地。患难见真情，彻夜的陪伴和真心的关怀，感动在心。

（沈寒英　作品）

两位医生拆下石膏，摆弄伤腿，我酸楚不堪，别扭不适。几分钟之后，就停住了，重新上了石膏，用绷带把右边大小腿捆得严实，然后将我送入病房。后来我才明白这就是动手术了，矫正复位，纯中医方法。手术后，除了不能活动，伤腿不痛不痒，没有丝毫不适之感。

住院第一夜，老猪（林姐姐）陪伴在旁，心不安，难入眠。我倒是踏踏实实地睡着了，竟然一夜无梦。

三

进入住院状态。

医院服务不错，很快物色到了一位善解人意、服务周到的护工阿姨，照料日常起居饮食方便等事。一天一百块的费用，是交给阿姨所属公司。她一人照顾好几个病人，需求繁多且时常急促，所以忙碌不停。医院离我家甚远，沿途车多人密，往返耗时良久。家人看望或者带饭过来，辛劳不已。所以，身体健康平安至为重要，莫将容易得，便作等闲看。

第一天开始打点滴，消炎。陈医生专门配给止痛药，可是我一点没感到痛楚，吃不吃无所谓。后来一个亲戚也是骨折，只断了一根腿骨，治疗两月后尝试走路，还是痛，还是难受。我的没有痛感，常情常理难以解释，认同友人说法，冥冥中有神佑吧。

“伤筋动骨一百天”，这是流传甚广的说法，何况我还是两根齐断的，慢慢恢复吧，急也急不来。

入院伊始，按照医疗套路，即使我行动不便，也要接受拒绝不得的貌似理所当然的各种检查。耳熟能详的声音，就是“为你好”！于是，不断地被从病床上挪到推车上，再从推车上挪到检查设备上去，回转来再挪回病床，如此数次，苦不堪言。人躺在病床上，就是一堆鲜肉，任人宰割。明明是骨折，还是要把全身检查个遍，就差检查性取向和性功能了。如此折腾，直接后果就是入院一周后的拍片显示，治疗效果不理想，大骨头恢复缓慢，小骨头伤情恶化！球场受伤当时能避免二次伤害，没想到倒是在医院里遭遇了，无语。

于是，陈医生苦心规劝：原先正位时大骨衔接较好，小骨稍有差池，然而入院一周的保守治疗不理想，片子显示小骨反而恢复得好，大骨出现稍微位移，骨痂生长缓慢；如果这样子下去，即使痊愈，今后会有持续的难以挽救的痛苦的后遗症，所以，还是动动手术上上钢钉来解决吧。我一时间不免惊吓，脑中立即浮现日后行走不便痛苦不堪的情景。不过立时转过念头，困惑起来：这里不是中医院吗？不是应该采取中医疗法吗？怎么主导的治疗办法却是西式的？潮汕地区私

（翁益　作品）

人诊所发达，中医世家传承下来的治疗骨伤方法成熟而简便，都是正位后即敷中草药，假以时日，即可痊愈。又想，其他医院的骨科医生都说我的骨头断得齐整，完全可以通过保守疗法治愈，不必动手术，何况手术的顺利与否还是一个隐患所在。想到这里，我坚持挺住，感谢好意，婉拒，说我爸也是学医的，看过片子，认为保守疗法即可。陈医生闻言，脸色索然。

对了，忽地想起来，我这伤腿也只是简单用石膏固定住，这几天就是吃配给的药丸，喝不知道什么内容的用开水壶装的药水，根本没有敷药，这就怪了！

尔后，医生再三再四亲来病床边，苦口婆心地陈说动手术之好、保守疗法之弊，再不动手术就过了重要关口期，届时后悔太迟。每劝说一次，预测不动手术的后遗症严重一次，令人乍听之下面容失色，心慌惊惧。稳住心绪之后，我面露微笑，咬牙坚持，不为所动。他的态度渐显烦躁，愠色渐深，言语失和。几番说教而无趣空返之后，径直拿着纸单过来，硬直地说："你既然坚持不愿意动手术，那就在上面签字确认，今后治疗不善，不是医院的责任！"我不假思索，欣然签字。他取走一份，将另外一份抛到床上，扬长而去。自此之后，一周一次的拍片都不翼而飞，查寻无踪，医生护士敷衍塞责，也不再告诉我康复进展情况。

某天下午，护士告知院长即将亲自查房、巡视各处，慌里慌张地收拾内务。果见一拨人马开进狭小的病房，众人簇拥着院长，笑脸陪伴。院长来到我处，带着似笑非笑的面容。听毕主治医生对我病情的描述，特别强调我执意不肯动手术，院长的笑容凝紧并且定格了大概三秒钟，突然甩出右手，虚空直下，重力掌击我的伤处。我一时愕然，猝不及防，根本无法闪避。

“痛不痛？”院长一脸狞笑，眼露凶光。

“不痛！”我直视他，微笑回应，目送这些身着洁白衣裳的人悻悻而去。

看来这家医院不只动刀子厉害，出其不意施展老拳威胁伤害病人的招数也很厉害。

虽然遭受重击，我是真的没有痛感，笑意是自然流露。换了他人，这一击的后果难以想象。不过想来绝大多数病人都是不得不乖顺的，相信并遵从医院的治疗方法。我并不怎么在意动手术的高昂费用，如果非动手术不可，安然顺适。只是觉得医者应有仁心和慈悲心，应以最好的办法、最小的成本来治疗病人，减轻病人的痛苦，加快病体的康复（这想法太傻太天真了）。也理解和同情医院的创收动力和逼迫需求，或许医院已经形成明确规程，医生无奈之下只得屈就。然而总要有一个度，所谓爱财有道、好色有品，要有起码的敬畏心和慈悲心。

* * *

上下两块石膏板，从大腿到小腿到脚趾，夹合固定，再缠以多层绷带。整条右腿被捆绑得严严实实，只露出五个脚指头在外。医生叮

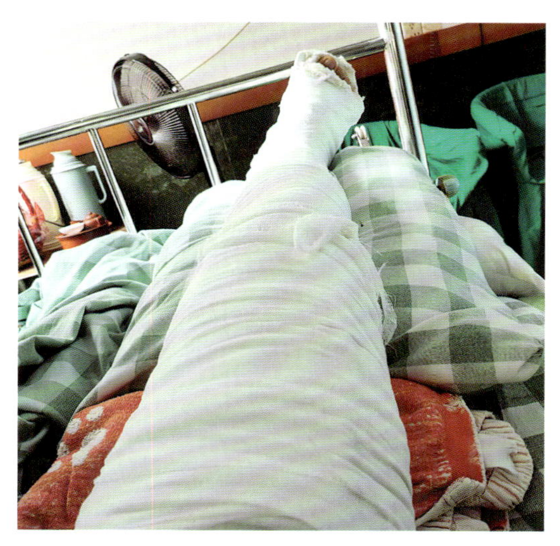

嘱要不间断地抖动脚趾，活动筋脉，促进血脉流通，睡觉时也不能停顿，不然气血流动不畅，影响恢复。由此，我的下半身难以挪动，基本上只能保持仰面平躺的姿势，吃饭只能被投喂，方便事只能苟且，仰仗他人相助。初时尴尬于尊严尽失，后来思定，非不为是难为，顺适吧。

网上查阅通常治疗方法，说全裹紧绑膝盖是必要的，但是不能超过五周时间，不然膝盖因血脉不通畅会导致功能丧失，且难以补救，会出现骨伤好了膝盖坏了的惨状。后来另外一家中医院的骨科医生说看了我的片子，看了治疗方法，认为我所在医院的方法已经非常落后，根本无须绑捆膝盖的，早已有新型器物、新型材质可以应用且治疗效果更佳，病人更感方便和舒适，他们医院早就应用开了。

天气酷热，长时不换绷带，右腿憋闷且积垢纳污，日久发痒难耐。更难忍受的是感觉膝盖表面和脚踝边缘有锯齿状利物，稍微活动一下腿部即直接碰触，热辣刺痛，彻夜难眠。问询医生，初时不答，两天后才回应可能石膏板压覆造成。拆开看时，果然如此。伊始制作石膏板、吻合伤处形状时就过于粗糙，对石膏面板及边缘未作圆滑处理，待水分散失、石膏收缩之后，面板及边缘硬化，不只粗糙，而且尖锐，直接损伤皮肉。其时，只见膝盖皮去肉现，血迹斑斑，脚踝两边更是被石膏锐角硬生生地扎入扎深，形成两个血洞！正是由于捆绑膝盖以及使用石膏不当造成的损害，使得后来治疗膝盖和脚踝并恢复两者功能的时间，超过了治愈骨伤的时间，直接加重了恢复正常行走的难度，苦不堪言！

四

时光煮雨，岁月生花，以坦然之心、恬淡之情，顺度医院生活。相信时光漫漫，终有悦满；岁月缓缓，应得安然。

平时以真诚待人，所以住院期间探访友人络绎不绝，熙怡往来。能够入院探望，缘于这家医院貌似松散实则人性化的运作。在不影响医院正常秩序的情况下，探访可抚慰病人心理，助益身心康复。好多“正规”医院是不允许此种做法的，而是定额配给照顾人员指标，照顾人员只能进不能出，另一种意义上的“住院”，其他人员探访是坚决不允许的。不能简单地以是非作评判，各有各的道理。

“这么多人来看你，说明你人缘好。”见多识广的护工阿姨感叹。感恩，感恩！

关怀人士多多，有的远程专门而来，只为一见，或以各种方式表达。病房里人情依依，欢声笑语，我的感激之情如滔滔江水长流不息。佛说：人间走一趟要喝三碗水，一碗是你辛苦奋斗的汗水，一碗是你孤独无助的泪水，一碗是别人给你的冷水。见过花开，懂得风的温柔，所以我觉得还有一碗水，就是亲朋好友的甘泉。生活的酸甜苦辣，滋味共集而并存交织，终究还是甘泉滋润心田。人间有爱有福，不枉为人一世间。

治疗康复期间全过程护理，全过程陪伴，最热心的好友，是阿碧、阿甫、船长、波哥等兄弟。

从入院到出院到康复期间，阿碧忙前忙后，事无巨细，任劳任怨，周全仔细，一腔友爱细见于平常琐务中。每有友朋探视，都由他陪伴，带领入见，不嫌辛苦，乐于奔驰，笑容满面，黑里透红的脸上白牙显耀。

阿甫荐医举贤，密切注视并动态跟踪治疗进展，每每在我身边入神研究片子图像，做沉思状，貌似专家模样。人间有味是清欢，同是潮汕人，共好工夫茶，特意带来茶具茶叶，摆好架势，泡茶递杯，心地如茶香，芬芳绵远。

（徐剑波　作品）

波哥肤黑心红，热情洋溢，精力旺盛，虑事细密。我们未能考虑到的环节，他都早已心中有数，谋划有方，有条不紊地安排妥妥。出院后在家康复期间所需药物，都是他精心安排，专程送达，不嫌远，不嫌累。

“二师兄”钟世君，人如外号，脸色红润，懂世间烟火，知人心幽微，识宇宙情趣，经常笑得像花儿一样。忧我夜里独处寂寞，怕我悲春伤秋，所以有空就过来陪我聊天，话语细软，一聊久长。

被誉为“全科医生”的“船长”，虚名不是空得，自有深厚功夫和明净见地。因为打羽毛球，可能用力过猛，也可能搭档美女太过美丽，曾经一不小心撕断了脚筋，治疗过程有过曲折，深知伤痛之难言。所以他对治疗我腿的意见，最具建设性和可行性。也好在有他的周全呵护，我才免致二次伤害，得以保全，也才可以确保出院时安全到家，不生意外。

以上爱心涌流的家伙，均为“快乐足球之家”的队友。一起在足球场上奔跑流汗，共处欢洽，常伴相依，快乐的笑声回荡绵长。当年组建球队，本意全在“快乐”上，不重声名，不重比赛，只为缘分的时空。“快乐足球、风雨无阻”八字成为共同的意趣和坚持。球场有边界，快乐无阻遏，四面八方会聚一帮志投意合者，不分年龄，不分来处，共同围拢一个圆圆的球，结成一个团体。从此每周一次两小时的活动，成为大家快乐的源泉。方寸之地的绿茵场，不只是锻炼身体的好地方，更可借着奔跑借着拼搏借着攻守，大呼小叫，声嘶力竭，随着热汗淋漓，一鼓作气一股脑儿把工作中、生活中的郁闷恶气烦躁一块抛离，消失在风里。正是足球的魔力和大家的共情，一时间吸引了社会各阶层人士数十人加入“足球之家”，因为足球魅力的激发和联结。七人场的游戏，往往需要分成几拨人轮流上场。场内场外快意洋洋，各有各的快乐，场内家伙享受踢足球的趣味，场外家伙或品评场内情势，或随意交流，欢声笑语播撒天地。多年以后回味，依然令人心动而神驰，美好长留。

想想，与足球结缘，已逾30年时光。从初一开始玩耍，小小的圆球万千变化，人心倾注其上，爱情日增，快乐盈溢。读中学时候一切简陋，痴迷共好的兄弟们凑钱买胶球，光脚踢；没有像样的场地，就以两块砖头或者两部破单车示现球门。足球的魔力难挡，风雨无阻。读初三时候，某位老兄在雨中撑伞踢球，可实在不具备驾驭自如的高超本领，把左手弄骨折了。到了高三填报大学志愿，生活于一隅之地的我们对外界知之甚少，无从着手。体育老师无意中提及中山大学的足球场非常亮丽，触动了我的心，后来班主任连老师极力向我爸推荐中大，也最终听从并如愿。到了大学，如鱼得水，只要没课，每天下午四点半后，必然出现在足球场上。读书岁月，工作岁月，足球一路相伴，形影不离。

风物相宜总有时，世上没有长存之物，万象不会长留常态，就像人的容貌一样，有知有觉地在变化，任是强大的意志和百般的办法也无法扭转。这是自然之理，天地之道，宇宙法则。踢足球，同理，不服老是不行的，我就是吃了这个亏。在激情四射、沉浸快乐之时，忘记了自己早已不是青春年少时，脑袋和身体已经脱节而不能同步，出现想得到做不到的情况。想着可以轻松闪避，可是身体反应就慢那么一点点，受伤因此而生。啊，多么痛的领悟！上场踢足球有乐趣，没得踢了在场下围观评论，也有乐趣，心若有情，万水千山都是情！

* * *

亲朋好友宽慰，说正好利用养伤之机，好好休息一下，而且祸福相依，受伤说不定正是福气之果，可能因此逃过了更大的更难以克服的祸患，后面可能有福报。如是，如是！

人在病床难动弹，白天到晚上，一天又一天的循环，大把时间可以自由支配，正是读书的好时光，难得之遇，难值之境。平静的心，正可以阅读无用有趣的书。书籍是无言的好伙伴，日常相依，不可一日不读书，如同不可一日不喝工夫茶。

先读南怀瑾先生《论语别裁》《万象》杂志、《心经》。近年来，因为友人的影响和推荐，开始阅读南怀瑾先生的著作，从《金刚经说什么》开始，边读边思，身心浸润，快意洋洋。南师会通儒道释三学，群机都摄，尤擅讲论佛法，拈花一脉，绍流如绪，妙义宛然，等身著作，千言万语，一一从智慧海中称性流出，而皆为众人讲说。其人山高水长，人所唱叹；其深论“诸恶莫作、众善奉行”之言和阐释如何做一个堂堂正正的人，人所和应。阅读南师著作《药师经的济世观》后，研思再三，深切共鸣，明了天理人道，明了宇宙本体，信受奉行，人心静净宁和。

同时读三四本不同类型不同领域的书，多本齐读，正好可以活动脑袋瓜不同部位，同时汲取不同书本的营养，这是适合我坚持多年并

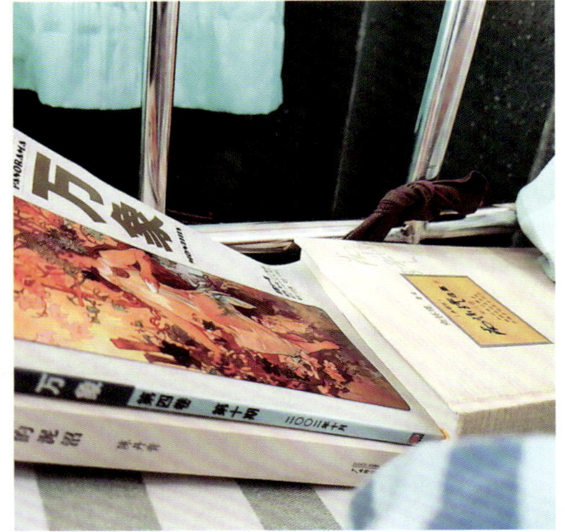

且行之有效的读书方式。人文领域的知识可以融会贯通，思维可以激荡生发，增厚提升。

看的书杂乱，只要感兴趣的，就会精读，一页一页一行一行细细地啃，如蚕儿细嚼桑叶，装进肚子里。我天赋一般，悟性差，记忆力差，理解能力差，属于笨鸟类型。一直坚持看纸质书，觉得一册在手，踏实厚重，有书香，有韵味。这种随心所欲的任性自为的阅读方式和内容是否能够化育身心，能够丰润自己，是否对工作和生活“有用”，就不去理会了，开心阅读就好，傻傻地乐就好。有时自嘲，年轻时穷得只剩下自信，现在家里穷得只剩下书本……

书海浩瀚，映现世界的宽广和天地的深厚，映现人在尘世间如飘忽的微尘。从读大学开始，如饥似渴地从书本中汲取知识和营养。好书如甘泉，润泽肌肤，滋养心田，明心见性。点滴汇涓，长流不息，身心柔软，欢喜心盈溢。一书一世界，读的书越多，对世界越充满好奇心和求知欲，人越谦卑，更感知世界之大、天地之深、人身之微。

阅读和思索，一体伴生，相得益彰，收获倍增。为读而读，读而不思，则是浮光掠影，投入多而所得少。翻开书页，就是和作者无声的对话和交流。将自我的角色有机地切入书本世界，将自己沉浸于彼时彼地彼境。尔时，又将自己置身书外，以局外人的心态来咀嚼和思索。以此有我和无我的状态，来探究书中的时空和所有。读与思，有时立即有获知和感悟，快慰悦心；有时貌似一无所得，实际上有无形而难察觉的收获，潜移默化润泽身心于悄然间、于无声处。

有的书如老酒，历久而弥香，重读而有新得，因为时空变易，阅历加深，有了新的视角来理解和领悟。比如，小时候读《西游记》，满足于情节的离奇和故事的吸引；长大了再读之，发觉此书内涵深厚、道理精深、韵味丰足，读出更广大更内在的味道。比如，师徒到了西天取得真经过程中遭遇两个和尚“索贿”的事，当时不知就里，怪责和尚，其实此中有真意。又，无字经才是真经，因为“凡所有相，皆是虚妄”，“如来所说法，皆不可取、不可说，非法、非非法”，“说法者，无法可说，是名说法”。其他如《红楼梦》，亦复如是。

因为喜读书，所以爱逛书店。读大学时候，正是出版业繁荣之时，好书充栋，满目青翠，不知该读哪一本好，本本都好，只可惜肚子容量有限。这是幸福的烦恼，快乐的悲伤！中山大学中区的书店、东门对面的树人书屋、西门旁边的学而优书店，经常流连其中。其时经济窘迫，无力购买多本，只可以在店里驻足栖身，捧读在手。日常除了清淡的一日三餐支出，余钱基本用于购书。大一时候第一份勤工俭学工作，是给驻在广州大厦的某鞋业公司抄写纸牌，三小时十元报酬，加上来回两小时的单车行程，是五小时挣十元钱。第一笔收入九十元，就乐滋滋地用于购买心仪已久的书本。那时候妈妈知道了，嗔责我不该买书，应用来改善伙食，壮实清瘦的身体。那时候的中大学生普遍清贫，每个学期里眼巴巴地盼着校庆、元旦、国庆等节日，可以吃

（张春城　作品）

上学校免费配给的一个鸡腿或者鸡翅膀。本科毕业时候，我的毛重是102斤。

那时候的中大学生，来自五湖四海，贫穷困苦，比比皆是。一个舍友来自内蒙古，到校报到时只有一套衣服随身，别无其他衣物；假期没钱回家，只能留校叹清凉。另一个舍友，大二时候没钱交学费，彷徨无措，等凑足之时已开学；买不到火车票，他叔叔硬是将他从车窗塞进去，一路风尘一路霜。一位九〇级的师兄，家中赤贫，到校后生活无着，吃饭都成问题。学校获悉后，提供课余洒扫校园的勤工机会，付给费用，解决其温饱大事。想想，他低头挥帚时候，一边扫除的是眼前的垃圾，一边扫出扫净的是未来人生的大道。中大学生，穷而不坠青云之志，自信满满，意气风发，相信奋斗可以改变自己，知识和能力能够改变命运。事实验证，就是如此！

二十世纪九十年代书店方兴未艾，欣欣向荣。思想的开放、社会的宽容、人文精神的勃发，在书店业和出版业上可见一斑。比如当年的一句话语："阅读《新周刊》，成为推动社会进步的中坚力量。"又比如《南方周末》的风靡大江南北。闲逛书店，是一种趣味、一种风尚、一种美学。可叹的是，如今的书店业风光不再，喧嚣的浮躁的气息弥漫于社会各个角落，难以安下平静的书桌。急功近利的氛围里，又有几多能够安心阅读那些无用的书的人呢?

五

透过窗户，看风驰月运，观日隐星来。静默为基调的环境，夜晚尤是。我刚进院时的隔夜，手术室里一个小孩时而大声叫唤，时而哀哀哭泣，划破静空，浸湿人心。某一个下午，传来一位男子凄厉的痛声，应是无麻醉状态下的正骨治疗，闻之动容，心有戚戚。联想儿子读初中时做胃镜被全麻的凄苦情景，不禁潸然泪下。某天我被推去做检查途中，突然“救命啊救命啊”响起，一声更比一声惊惧，女子无助之苦状，可以想见而同悲。健康的身体多么重要而可贵，莫将容易得，便作等闲看！身体是自己的，要爱惜，要保重，日常护养而恒健常乐。身体不好了，一切都是空华，都是浮云，空嗟叹。

* * *

一天下午，忽地一大群人涌进房间，跟着推进一个病人来，呼啦啦把病人挪上病桌，然后摆弄各种仪器，往病人身上插管，大阵仗！看来刚动完手术，病人身上吊挂的袋子里还在渗血水，吓人！陪伴的是他的太太，疲劳过度，坐在墙边，低头不语，神色黯然。听说前两天就到医院了，稀里糊涂地被救护车拉到了这里。因为没床位，在走

（沈寒英　作品）

廊里干等。夫妻俩从事玻璃安装工作，车上安放的大块玻璃滑落，男子逃避不及，左大腿被砸成粉碎性骨折，手术耗费了五个来小时。

于是我就有了一个三十多岁的男病友，朝夕相伴，有一搭没一搭地聊天，寻点乐趣，共度艰难时光。都抽烟的，于是互相递送，吞云吐雾，将些许愁绪闷气随烟飘散。

同在一片蓝天下，人各有命，人各有运。在体制内工作的我，只需静心养伤，基本不用忧虑医药费和谋生活的事情。病友哥就不同了，干一天才有一天的所得，没得干了就颗粒无收，因而人闲心躁，悲愁煎逼，盼着早出院，说："干我们这一行的，时不时会受伤，缝针打线是经常的事。每次我都不去医院拆线，自己拆就行了，很容易的事，拆完拿起钓鱼竿就走，寻乐子去。现在被关在这里，像坐牢一样；坐牢还可以活动一下，现在是没得动！哎哟哟！”说到激昂处，不小心碰触伤处。白天打点滴输营养，相对易过，晚上则难挨，伤处痛不可言，需要吃止痛药，不可一日或缺，不然辗转反侧、彻夜难眠。我倒是夜夜安眠，睡得像死猪，不知道呼噜声是否会打扰了他们，肯定会的啦，抱歉抱歉。

动手术后，多日不见主治医生的影子，病友哥纳闷了。我的主治医生倒是三四天来一次病房，不过见与不见都一样，来时就是简单地摸摸伤处，问询疼不疼，唠叨几句保守疗法如果不妥当今后可能会瘸会行走不便的话，如此而已。我吃的还是原来的药片，喝的还是原来的药水，伤腿依然被严实包扎，也不用上药。无从知道恢复情况，一周拍片一次，虽然屡次追讨，然而片子总是不翼而飞。

我们两个聊着，病友哥的太太正以手术住院费用沉重而目前毫无收入为由，电话联络，催讨欠款，得到的基本是无望无盼的回应。

探视朋友络绎不绝，捎来慰问物品多多。除了少量留用，我将大部分送予护工阿姨和医生护士们。鲜花自用，美丽于一角，芬芳了沉郁苍白的房间，灿然焕发一股生机。

* * *

我素来梦多，光怪陆离，难以名状，难以解析。有的梦境纯属虚幻，有的梦境却又在日后的现实生活里印证。自嘲一半活在现实里，一半活在梦境里。

住院日子，不乏怪梦。有一天，是梦见黑夜里，从广州回潮州。我当车夫，拉着家乡古城那种人力车，载着一个美女和一个男子。一路有故事！路途遥远，进入潮州市区，已是黎明时分。我看着用力踩车的右腿，突然想起来，我不是在住院吗？回头一看，美女正笑得欢。

我说我不是拉着两个人吗？她说一直就我一个呀！停车，吃早餐，她指着地上蹦跳着的癞蛤蟆，说：“你看，你哥一早就来接你了……”又一天，梦见一个美女勾引我，约定地点。我没办法走路，背上竟然长出好多只脚来，然后脸朝上，像蜘蛛一样横着走，挺麻利的……

* * *

“怎么会给我开这样子的药？！不会开错或者拿错了吧？”病友哥大嚷，吓了我一跳。

他递过来的纸包筒状药品，叫作“发酵虫草菌粉”。功能与主治，是补肾保肺，秘精益气，用于慢性支气管炎，高脂血症，阳痿、遗精、早泄、性欲减退、妇女月经不调、白带清稀等性功能低下症。

“哈哈哈，有意思，这不只是壮阳药，还是壮阴药，好东西！”我乐起来。

“我查了淘宝上面，卖27块；医院的价钱翻了一番啊。”病友哥仔细研究了一下，“我得问问主治医生是不是搞错了，这药不能乱吃，也好久没见到他了，顺便问问什么时候可以出院。”

主治医生怒气冲冲过来，大声呵斥：“怎么会开错药？！这是补气

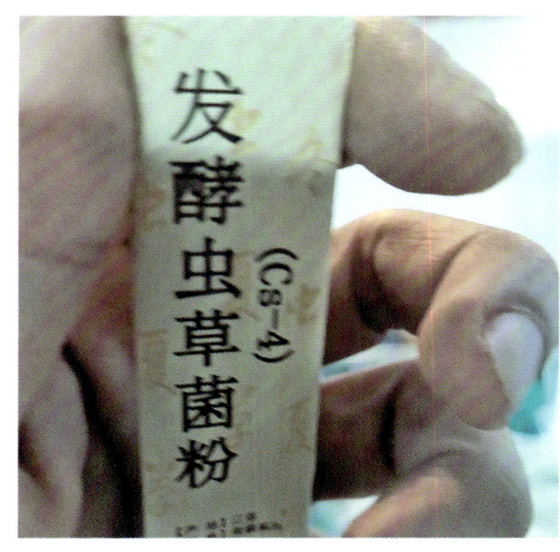

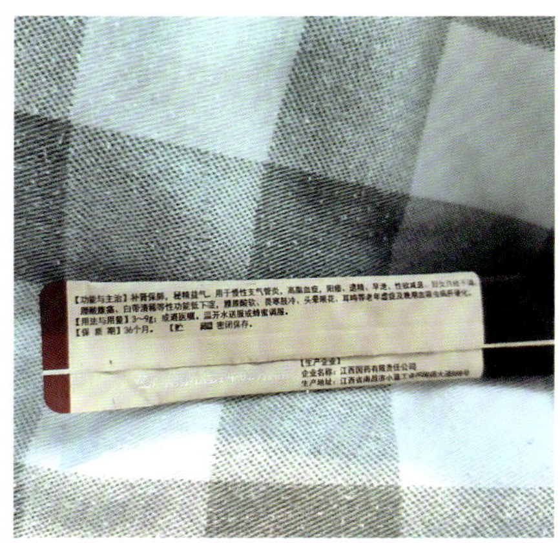

补血，不是乱开的。”然后扬长而去。

“你看，你看，好像是他受了委屈一样的！”病友哥叹息。

后来病友哥吃了没有，不好问，估计是吃了，效果不得而知。

没想到，没过几天，同样的好事不期而至，荣幸地落到我头上！

我端详着这匪夷所思的药物，寻思着，吃，还是不吃，试，还是不试？开了三剂，横摆台上。那就试试吧。这一试，效果确实好啊，好得不得了！当晚中腿一直勃起不倒，雄壮！看来是治错腿，治错部位了，一声叹息……

六

杨绛先生说过，人生没有谁比谁更容易，只有谁比谁更能熬。熬，是忍受物质的困顿，是忍受精神的折磨，是忍受灵魂的孤独。唯有忍受不断的煎熬，一次次受伤，为自己掌一盏灯，走出一个又一个黑暗隧道，才能看到精彩人生。熬其实也是一种生活态度，是一种人生境界。日子太苦，就应该用勤奋与拼搏，熬出甜味；生活太淡，就应该用积累与沉淀，熬出香味。当有一天你熬过去了，就会发现生活的考验，往往是命运的另一种成全。

掰着手指计算住院时间，心中祈盼早日康复、早日恢复行动自由。每天的日子好似是简单的重复，治疗内容没什么变化，除了增加一味壮阳药。治疗效果和进展如何，心中无数，医生也不告知。倒是日渐萎缩的右大腿，日渐软绵松脱的肌肉，令人黯然神伤，无力感滋生，日甚一日。

一人有事，连累全家，煎熬全家。医院离家太远，坐公交车来回两个多小时，沿途是交通繁忙地带，塞车常常。林姐姐教务烦琐，兼顾日常送饭或者陪伴，身累心劳。老爸专门从老家赶过来，买菜做饭，我心难安。近年来每次通话，老爸时常叮嘱我：年纪不小了，安知天命，顺其自然，知足常乐，身体健康最为紧要……

老爸一辈子经历世事沧桑，明了天理人情世事，良言义深，却又

最平实。人生在世，尘劳喧嚣，身体健康与心理健康，同等重要，偏颇不得。面对滚滚红尘，没有旷达洒脱的身心，难以坦然安处。所以，活在当下，平安健康最重要，过好每一天，充实每一天，开心每一天。

就这样消耗着，等待着，期盼着，时节进入10月。住院将近一个月，天时依然骄阳似火。

（张春城　作品）

3日晚上或者4日凌晨，半梦半醒间，清晰看见两位白衣年轻女子从窗外翩然而至，径直来到我身边，风姿绰约。默不作声为我治疗伤腿，末了，貌似是主人的一位侧过脸来，淡淡地对我说："我是月光……"话毕，消失不见，如同来时的倏忽，不着痕迹。

奇幻！我心欣然，若有所思，《药师经》记述："于其国中，有二菩萨摩诃萨：一名日光遍照，二名月光遍照，是彼无量无数菩萨众之上首，次补佛处，悉能持彼世尊药师琉璃光如来正法宝藏。"难道……莫非……

奇妙！当晚，志超哥来电，说他在仁化县与几位好友聚会，正是酒酣意浓之时，说起我的事情来。恰好席中有位中医世家的林姓朋友擅治骨伤，问我愿否一试，请林医生接诊疗治。这哥们一直关心着我的治疗动态，殷勤热诚，情意款款。我不假思索，一口答应，不过一时并没放在心上，以为是酒话，随口而出。没想到志超哥是认真的，

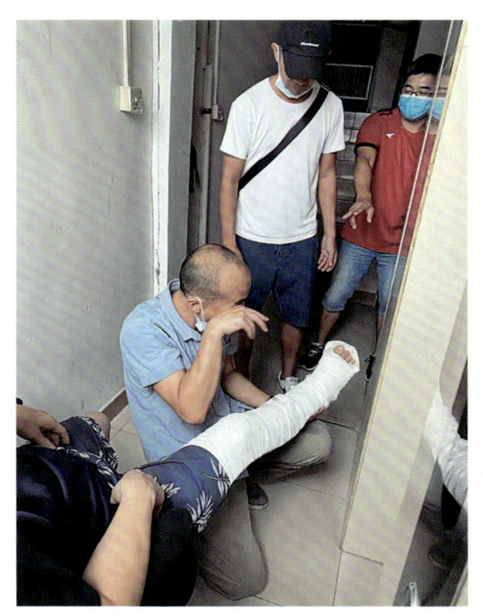

（郑进碧　作品）

说林医生虽然上着公家的班，也没开诊所，然而从20多岁开始就研学骨科，积淀深厚，仁心义气，已经治愈好多人，药到伤除，效果极好。然后，隔天就要去了我先前拍的片子，详询医院治疗情况，以供林医生诊断。

先前的片子不翼而飞，所以7日的拍片格外重视，第一时间索取，以此检视治疗效果，提供林医生研究。

拍片结果出来，大失所望！

住院一个月，一成不变的治疗方法显示出来的是恢复比预想的慢，骨痂生长差，非常不理想！而且，膝盖因为一直被坚实捆绑，已经严重受损。按照医学常识，如果膝盖被捆绑超过五周时间，将严重丧失机能。问主治医生，为什么会这样，接下来怎么办？他面无表情，轻描淡写地回应说："效果不理想，再照原来的办法继续治疗，看看六七周时候的情况怎么样！""你一开始不是说膝盖被捆绑不能超过五周的吗？再捆绑下去，膝盖坏了怎么办？"我不客气地说。他未回应，径自离去。

好在天无绝人之路！谢天谢地谢人！林医生悉心研究良久，谨慎思忖，认为我没有动手术，可以用他的办法来治疗。志超哥征求我的意见，是否试试。我不假思索，一口答应。还不清楚林医生治疗方式，只是探讨了如果到医院来，在医院的地盘上明目张胆地推翻医院的治疗方式，不妥当，不可行。

到了9日，我果断决定：明天出院！继续在医院待下去已经毫无意义，而且可能贻误治疗，后果堪忧。家人对我的决定一时颇感意外，不过顺应，迅做准备。主治医生未反对，在出院证明上写下了"治愈"的意见。

病友哥投来了羡慕的眼神和赞叹的话语，他也是一天也不想在医院待下去了，然而没有其他办法，只能待下去。

如何腾挪摆布我僵硬的身体，安全顺畅地从病床位移到阿甫的车上，再从车上搬到家里，是一个颇费思量的问题。特别是家里所在楼层，虽然有电梯，不过不知道是否容纳得下坐在电脑椅上的我，不知道品质本来就差、时常出故障的电梯是否那时体谅人意。还有就是电梯是在二层，从一层到二层，再由六层到七层，完全是楼梯，如何是好？

为了出院而热身，在别人的帮助下，单足撑立着地，挪步，只觉晕眩，天旋地转！僵躺一个月，身体极度疲弱，完全不能自控自持。想想那些因伤病而长期软瘫在床的人，是怎么样的苦状和凄楚啊！试错有好处，找到解决问题的方法，换成躺推车上，直接被推出去，安全而快捷。

10月10日，好日子！时隔一个月，重见天日，感叹连连，无声胜有声。超哥、阿甫、船长、阿逼、波哥几个好友为我的出院，做了精心和周密的准备，严丝合缝的完美。我顺利转移到了车上，舒坦自在。没想到林医生风尘仆仆地，特地从仁化赶到广州来，赶到医院来，先来探望，并随车同行。感恩感恩，医缘深厚啊！

在车里，望窗外，看街景变换，看人间烟火气，欢喜之心、激动之情盈溢。

真是辛苦这些好友了，将我这笨重身躯从车里搬到家里，实在是一项大工程。好在四人有力有办法，得益于船长指挥得当，得益于电梯正常运作，得益于齐心协力，全程无惊无险，比预料的顺当。汗水奔涌，船长全身湿透，不知情的朋友看到相片，说："医生都激动得哭了……"

时隔多日，回到家里，踏实自在，喜不自胜。

下午四点来钟，林医生开始为我治疗。第一步，就是令人欣喜的举措，卸下并锯掉顶层石膏板大部，不必再覆盖并捆绑膝盖及其以上

部位，膝盖和大腿重见天日。第二步，为伤处上药。林医生用自制药酒涂抹伤处，反复多次，再以中药材制成的成品药膏敷上，以纱布包扎，再将原先棱角分明、边缘锐利现已磨平磨圆的石膏板盖上，用绷带捆绑固定。如此，就完成了，貌似简单无比、平淡无奇。交代此帖药膏不间断敷用24小时后即可丢弃，之后每天定量服用他自制的药酒，再用外用药酒涂抹伤处，如此即可康复。

原以为隔天他还要再来换药，再敷24小时，如此循环。老家以中医方式治疗骨折，是需要定时换药再敷的。谁料林医生说不用，一帖药就行了，他不用再来了；坚定地说先前多少骨折人士，经过他谨慎思虑、斟酌药方、稳妥用药，都是一帖治愈的！

如此简单，如此省时，如此便捷！虽然客观上有待时间来验证此法是否灵验于我身，不过我坚信一定可以，源于一种说不出来而心中洋溢的信任感，信林医生，信自己，信天助。也没有“早知今日，何必当初”的追悔之心，因为要看缘分，因缘和合了，才现医缘，才是佳缘。

家人以感激之心，奉上酬谢之物，林医生坚辞不受，连声说：“这是缘分，这是医缘，不用谢，不用谢！”

当晚，药性开始发作，伤处好似有一股火在燃烧、在奔突、在翻滚，忽明忽暗，忽旺忽弱，忽起忽落，不是疼痛，是不适感，说不出来的味道，满头大汗。好在几个小时后就静止平息，不再复发，回归安稳状态，不痛不痒。

回家伊始，还只能卧床静养，吃喝拉撒还得家人帮扶，伤愈后学习行走，亦复如是。平日里，主要是老爸在照顾，涂抹药水，端茶送饭，按摩腿部；后来的拄杖行走，蹒跚学步，都是撑扶、防护，无微不至。父子情深，难得的借此机缘，有了长时的相处与交流，谈今朝，忆过去，侃侃而谈，意诚心暖。近年来每次通电，他都不忘时时叮嘱我，身体健康最重要，其他方面不必过于执着或者操心，顺应顺适工作和生活。老爸越活越旷达，性情爽朗，身体康健。父母这一辈，经历了许多，听闻了很多，心态安然畅达，能够坦然面对和接受现实的

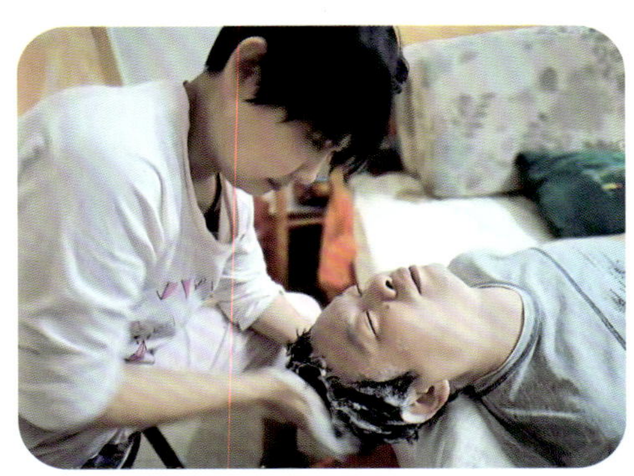

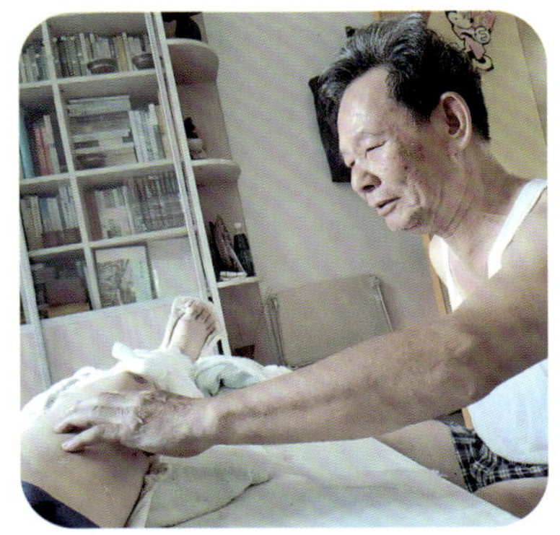

不完美；经历生活的苦痛酸楚后，依然拥有并焕发一颗活泼泼的、软绵绵的心。这份难得的人生阅历和精神财富，滋养我们儿孙辈的身心。

父母这一生，领着公家的工资，为当时的乡亲友朋所羡慕。慈悲心肠，热心乡村建设，又资助求学上进的后生，所以积蓄无多。等到中年光景，老妈荣幸成为第一批下岗人员，适逢我上大学、妹妹上高中、爷爷奶奶需要赡养，四处需要花费，家中经济一时窘迫，品尝了“贫穷百事哀”的苦重滋味。此一光景，持续多年。全家齐心协力，重新迎来衣食无忧的日子。其间，双亲时常自责，深自悔疚，心痛难言，说没有给我们儿女创造一个优裕的物质环境。其时其境，我总是安慰父母不必如此。因为，养大我们、培育我们，咬牙坚持送我们上学，做儿女的已经倍加感恩和知足了。更重要的是，经济窘迫只是一时的，只是物质上的，精神是丰盈的，这正是父母厚积良善家风的缘故，尤其“诸恶莫作、众善奉行”的言传身教，让我们受益一生，泽被后代。人助之后，自有天助，所以父母的晚年安然无忧。也正是共同经历了家庭的忧苦多难，家人间紧密了亲情厚意，家和万事兴。所以，外人到了家里，看见我和老爸两个人在一起抽烟聊天，如兄弟般惬意悠然，感慨连连，叹未曾见……

这段时间，累坏了林姐姐。我这辈子幸运、得意、引以为豪的事，就是娶了一个好老婆！相濡以沫，相亲相爱，同甘共苦，携手走过人世间。一起努力，共同奋斗，点滴成涓，汇为细水，长流不息，积成家庭财富与精神家园，非言语所能表明，非文字所能承载，心中明了自见……

* * *

在家里的头个月，床上静养，等待腿骨康复，肉眼可见的一天比一天好转，软绵苍白的膝盖渐现血色，肌肉弹性渐次回归，伤处部位开始

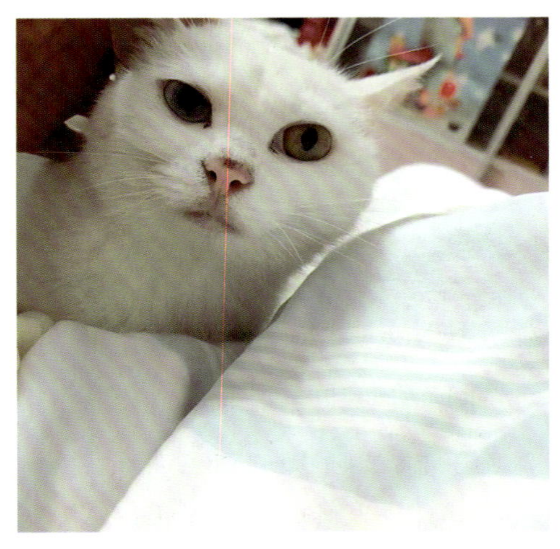

长出黑色长毛。平淡的日子里，家人相伴，书本相伴，欢声笑语盈溢。

一个月后，可以立身起坐，不再赖床，能拄双拐走动，做点家务，泡泡茶、洗洗杯、抹抹桌子什么的，告别长期以来饭来张口衣来伸手的腐朽生活方式。平时为我理发的师傅，上门来服务，扫除乱发，一改颓颜，回复清爽之气。

拄双拐行走，是借力而行，毕竟两腿特别是伤腿耷拉不能自助，初时只能平地撑进，一步一试探，一步一挪进。浅浅的薄薄的台阶，拄拐都难以上去，心有余而力不足。心，不免是急的，盼着早日恢复良善。然而规律是难以逾越的，因为焦急之下，曾经尝试跨越性进展，差点摔一大跤，险成大错。

林医生判断骨伤已愈，可以尝试行走。克服心理障碍，是康复过程中最艰难的，步步惊心。如同婴儿学步，然而更难于婴儿。

然而，再难，也要勇于迈出步伐。先是借着床可以保护，借着房间的书柜，老爸在前面保护，然后两手攀附书柜，借力而行，以右腿为支撑，缓缓双足前行。心态忐忑，步履蹒跚，一次来回两三趟，总长不过十来米远，就要休息一下。再怎么样，也要迎难而上，负重而

行！继而老爸在前引导，甩开拐杖，两手相接而紧握，我前进一步，老爸后退一步，原来退步也是向前啊！

一小步，一小步，一天又一天，慢慢好转。时隔三个月后，回归工作岗位，拐杖代步，来回打车。无限感叹满心头，第一天到达单位门口，早有同事笑脸相迎。阔别多时的办公室窗明几净，花草旺盛。接下来不能独立行走的日子，都是热心同事帮忙打包午饭，送达我处，温暖我心。

1月8日，也就是受伤四个月之后，在好友的陪伴下，我专程到达仁化，面谢林医生。四个月未见，见面第一眼，林医生就纳闷，大声问我：为什么不甩掉拐杖？我也想呀，可是做不到啊！林医生的观点，是他治疗过的类似情况的患者，早就可以自由行走了，为什么我的情况特殊？经过研究，原来问题不是出在骨折未愈上，其实骨伤早就顺利康复，问题出在先前在医院被石膏板整伤的膝盖和脚踝上。四个月时间过去，膝盖依然未能恢复原有功能，被石膏板扎出深洞的脚踝依然未能愈合，直接影响了行走。当晚，林医生为我上药，专治膝盖和脚踝，效果显现。一个月之后，可以独立行走。至于这副拐杖，是船长赠送的。康复之后，诚心感恩一番，立即将之丢掉，不想留存、传送给下一个需要的人。

此后数月，历经天气的骤变，风霜雨雪，左腿未现不适反应，或者有了提前预报的特异功能。走过西藏，经受高原的考验，一切正常，如然安适。善哉！善哉！

受伤及康复期间，故事多多，感恩所有关心我的人，帮助过我的人，感动常存，幸福常在！

日光遍照，月光遍照，一年春尽又是一年春……

DEAR
STARLIGHT

顾肚棚

情知所起，一往而深。

因为喜爱花木和乐于种植，厚积情感的牵连与弥深，我们家一直期盼拥有一处花园，构筑一方时空，享受人花相伴相悦的自在。因缘和合，得偿所愿，25年前于广州市中心地域，于七层高的天台，实现夙愿，花花小世界如然顺然进入我们的生活里来。“顾肚棚”的诞生和发育成长，因爱而生，依势而有，循时而进，渐有渐进，趋全趋善，绵续至今，绿美天地，悠然乐土。变化是世界的主题和天地的规律，生命轮回、周期辗转之下花木生生灭灭而又常在常新，不变的是人心的静宁和因朝夕悉心护养花木而焕发的敬畏心欢喜心。花儿与人心相和应相眷恋，于无声有情处，长相忆长相依……

因爱而生

一般人不喜住顶楼，担心天面漏水，酷热天暑气下渗而导致室内闷郁。寻常人不爱，我家独爱，各享其宜，各得其安，适合自己的就是好的。人有人缘，屋有屋缘。在外租房蜗居多时之后，久旱逢甘霖，我们家欢天喜地地得到了一处位于七楼的旧屋，得以栖身安居。更惬

意的，是因此拥有了一隅天台可以自主经营，扩大了生活时空，增添了活动区域，得偿所愿。

原屋主人不喜天台，天台一直荒废着闲置着。我们家经营天台，自然从防水防暑开始，再谋划实用举措。第一步，厚铺水泥，平整地面，填补长年累月滋生的缝隙或漏洞。后来明白此举具备多种效用。另一半天台为邻居所有，所在区域的漏洞和长时积水之处甚多，不仅滋生蚊虻，竟为癞蛤蟆栖身好境。丑陋得令人反胃的它们有时会出来散步，大摇大摆地踱到棚里来，不期而遇而吓人一跳。我只得穷尽本事，手脚并用地将它们遣送回去。除了令人讨厌的蚊子，我不杀生。即或是令人生怖的或黑色或杂彩纷呈或艳丽的毛毛虫，我都抱着容忍和和善的态度，让它们拥有生活的空间。伊是生灵，日后都会蜕形换貌，化为各种各样的蝴蝶、飞蛾。万物各得其和以生，各得其养以成嘛。

顾肚棚的营建和生长，不是一蹴而就，也没有一个全盘的设计然后分步实施，完全是依势而成、依境而生、随缘随性的过程，终成今日模样。初始的顾肚棚，只包含天台的单层平面空间，之后因为小区改用直供水而弃用楼顶水池，因势利导地架设梯子连接天面与水池地面，顺带连接楼层的最顶端部分，结成一体，形成三层立体空间。取名“顾肚棚”，是因为天台是公共区域，不能将其封闭而据为己有，而是立意作为开放格局的花花世界来谋划，共享共有共乐。在空旷处架设三根水管，便于晾晒衣被；敞开路径，方便邻居游步休憩。

第一位入住棚内的是四时盛开的海棠，老妈喜爱之物，花红叶润，娇俏喜人。在山区生活时，家里那株海棠是我们亮丽的共同美好印象。以海棠花为联结，多年前的生活和现时生活实现了连接和延续，芬芳了心绪。

老房东于阳台育有粉红八角梅一株，高大挺拔，枝壮花荣，伸展舒畅。我们入住后，因势利导，将主枝引到天台，与棚架相连接，楼

上楼下同时跳红跃绿。

老辈人说："土面易求，人面难求。"大地宽厚仁慈，承托万物，对众生一视同仁，所以《无量寿经》里说"忍辱如地，一切平等"。种花种菜，土为根本。在潮州等地，肥土随手可得，可在广州可就得费一番功夫才能集成。尤其种植攀藤植物或者桂花之类木本的，盆大，所需土多。花木店出售土壤，因为运输成本的关系，价格不菲。我们利用回老家之便，专门车载沃土，然而满足不了建棚的需要。何况其时楼房尚未加装电梯，从一楼搬土到天面，是体力活儿、苦情事。如何是好？随顺吧，不求一日而成，日积月累总会成多，不求毕其功于一役。

某天傍晚时分，老爸乐滋滋地说，福今路正在动土，整修下水道，清理沟渠，有肥土啦！我一时不明其意，未及细问，他已经拿着麻袋乐滋滋出门去了。回来时，厚重麻袋在肩，汗如雨下，气喘吁吁。原来是把施工方清理出来而废弃的潮州话俗称“屎沟靡”的泥土，搬回家里。“屎沟靡”肥沃，只是搬运过程实在太辛苦太脏累了，而且土中杂质甚多，纸屑、尼龙袋、碎玻璃等都有，清理泥质颇费工夫。老爸不嫌辛劳，兴奋之情溢于言表，享受着过程，享受着成就感，说还要施工两三天，还可以得到更多……

土壤肥力需要不断维持和增益，因为栽种于盆，花木没有办法如自然环境中的同类一样，从“地气”中吸取各种养分，所以人工导入养分必不可少。化肥可迅速增加肥力，赢得花木一时的茁壮，然而并非良善之计，因为化肥非天然之物，长久会损害花木肌体和原有土质。因此，建棚伊始，我家就坚持绿色环保理念并一以贯之，以农用肥或者自己植肥的方法来滋润生灵。简单易行的，可将小孩的尿液收存壶中，待尿液发酵后配水灌溉。又如，将鸡毛、鱼肠之类与落叶、瘦土混合，置于密闭空间，假以时日，生成沃土。再如，专门于棚内边角砌了狭长沟渠，厚积落叶，定期洒水，于虚空中产生的蚯蚓自会辛劳工作，将落叶化为油黑黏土，肥力强劲。潮州老家养了鸽子，鸽子粪是上上肥料，异地调用，载回广州。

早在建棚之前，家里就养了乌龟和小鱼。在棚内建造了鱼池、龟池，定期排出的废水富含营养，正堪浇花之用，不浪费且发挥其效用。落叶、废水的再利用，形成了良好的生态循环。

防水工程完毕，圆穹形架子搭就，土壤资源积存，心中有愿景，闹市中的绿色天地因缘和合而诞生并逐渐成型、丰富、多彩，顾肚棚成为大院一方乐土，声名显扬。

因爱而兴

种菜

“旅游前匆匆播上白菜、油菜、芥蓝种子。10天后回来已长成绿油油的嫩苗，特别是白菜苗长得最快，马上移植（先放复合肥、鸽粪与泥土混合，施足基肥然后再种苗），再过十几天就可食了。接下来移植油菜，最后移植长得最慢的芥蓝苗。”

2019年，赴甘肃旅游之前，老爸珍惜光阴，顺应农时，培土入籽；回来后发现菜苗如愿出土成活，于是在朋友圈发图发话，抒发感情。朋友圈热议并有朋友请教增肥事，老爸一一回复：肥料随便，可单纯施加复合肥或鸡粪、鸽粪等作基肥，花生饼也是好肥料；也可不下基

肥，种植前先翻晒土，可将落叶与鸡杂、鱼杂、泥土混堆腐烂，时间长了融合成土，这是一种很好的肥料……

潮汕的老人家到广州来，在子女家中居住，大多住不惯住不长。原因很简单，嘈杂的大城市与安宁的家乡差别太大，朋友亲戚不多，行走范围狭窄，环境喧嚣，水土不服，难得闲趣乐和，所以没多久就倍感困迫而思归盼归。我家父母能够安居广州，独有之美，就是因了顾肚棚的存在，喜爱农活儿并有丰富种植瓜菜经验的老爸，有了施展身手并享受乐趣的时空。唯有热爱，可抵岁月漫长。

油菜和芥蓝，是潮汕人日常主菜。在时序合适的时间里，在棚里全过程展现从育苗到出苗到移植到成长的生命周期，在城市里体验通常只有在农村才能得到的耕作之劳之乐。以泡沫箱为载体，盛满沃土，平整疏通，然后开始播种并亲切护理，于静默中守候点滴绿色的冒头，凝视绿色的行走、跳动和上长，欣欣然于生命的诞生和生命力的焕发。苗儿茁壮，即行移植。移植是细活儿，柔弱的生命从土里被拔出，颤抖着裸露于傍晚时分的夕阳光辉里，由手指挪到手掌里，迅即被温存地栽入新土，被大地母亲慈爱地拥抱，开启新生，独立生长，享受生命历程的精彩演进。

蔬菜的正常生长，伴随着的是人力的全程养护，顺应自然规律，天与人的全心全意投入不可缺一。天意由天主意，人的投入由人心做主，爱心和恒心一体同现于日常耕作，琐碎的事务考验耐心。辛劳与趣味同在，相生相融，自然乐趣更丰盈，不然何必种植，自寻苦吃？既然蔬菜的生命因人而得，那就要爱护，善待于时时刻刻，不能辜负，毕竟菜也是生灵。于日常的种植过程，随心随意观照天地，快活，恬适，怡然。傍晚时分，夕阳浓彩，光移影动，人身闪光。清风徐来，暮归大鸟或单身独只，或三三两两做伴，展翅高空，翩然南飞，一路欢声。夕晖渐退渐隐，月娘渐起渐明，夜色渐浓渐深。星星们饱睡一天，睁开迷蒙的眼，犹有几分眠意。壁虎出来了，鬼头鬼脑，攀抓墙壁，突然速动，突然急停，小身子柔韧矫健。蚯蚓与蟋蟀声齐起齐响，交织互动。那只老鼠攀爬竹枝，倏忽而过，又即时停住，回过头来瞅人，小眼神滴溜溜转；看到人注视着它，又急忙动作，隐没苍茫中。

风调雨顺，人情倾注，芥蓝呀，油菜呀，丝瓜呀，一天一个样，昼夜之间就可以长出一大截出来，肉眼可见的迅猛和可喜。这大自然的恩赐和人力付出的回报呀，妙趣，富有，悦然。对天地的敬畏心油然而生，绵绵长远。

收获时节到了，丰收的喜悦如阳光般灿烂。清晨时分，日出之前，用小刀轻抹一下蔬菜的主干，绿油油的茎叶带着露水，散发着体香，滑落手中。被取去一截的主干停止生长，却并不委顿。没几天，主干旁边就滋生新芽，再出新干新叶，生生不息，生机勃勃，产出丰盛。生菜（香菜）则是另外一种收获办法：自其下端逐次剪叶（或者手掰），依次而上，存留的上端继续向上续长，不断续发新叶，源源不断。顾肚棚出产的蔬菜瓜果，有虫儿咬噬而成的痕迹，然而这正是本应有的。因为不下农药，施放农家肥，遵从蔬菜生长规律，所以即使

在广州这样空气质量一般的环境里，自种的菜有菜味，瓜有瓜味，自然芬芳，味道好极了。到了旺季，每天得到的蔬菜瓜果，自家根本吃不完，所以以一把蔬菜为情感交流之物，赠送友人，分享美食，分享乐趣……

因为空间富足，老爸深有闲心闲情，随心随意种植其他作物。“金不换”是常种之物，潮州人炒“海瓜子”（薄壳）等海鲜必不可少的作料，气味清新可人，能够有力激发菜品原味；葱，随种随得，趣味盎然；自然熟的西红柿，更是美味独有，非市场出售之同类可比，而且看着果实由小而大、由绿而红，亲切感知自然之手的魔力和温存。

养花

“见过花开的人，懂得风的温柔。”

花开悦人心。花开自是好，花未开而绿叶葱郁之时，也是好的，生命律动不歇，活泼泼。

顾肚棚花木来自各处，全为因缘和合，齐聚一地，共享一隅，悉性同居，通达自在：因为家庭的共同美好记忆和现实延续，有了海棠花的身姿依依、红帘融融；又从野地里得到小种海棠，个性倔强刚劲而花叶风姿绰约，来到顾肚棚一年后，即或水泥夹缝里也能滋生苗儿，有风起处、有雨露处即有她的子嗣，一年一生灭，代代传延。因为喜爱兰花的清雅，从潮州老家岳父处要得两三盆，春到之时分盆移植，一生三,三生九，蔚为大观；因为那年行走江浙一带，于私家庭院中喜见紫藤花开灿然，所以寻得株苗，勤加护养，九株齐生共长，茂叶交覆于棚，正好遮阴棚下兰花，蓝色花簇年年摇曳生姿。因为爱怜之心，每年春节后将被扔弃于垃圾堆而尚有活气的花木，抱回家中，迁于棚中，换盆加土施肥，给她们一个新家，安心居住。花木有情来答应，拾来的橘子树四季开花四季结果，兰花舒展娇妍，茉莉老根焕发

第二春……

老舍在《养花》一文说道："有喜有忧，有笑有泪，有花有实，有香有色，既须劳动，又长见识，这就是养花的乐趣。"说得在理在情，透彻周全，明白晓畅。

"去年今日此门中，人面桃花相映红。人面不知何处去，桃花依旧笑春风。"令人快意荡漾而又深含道理的美好诗句，说出了人桃互动的妙处和时境的迁流不息。这个世界上唯一不变的，就是变！变动、变化、变幻，是天地规律，非尘世间的人与物所能左右和更改，人们顺适则安、逆缘则自扰。两株桃树苗是头批进驻棚里的生灵，茁壮成长。年年应时而开，盛放于天蓝日丽之时，吸蜂引蝶，枝头春意闹。而后，花凋落而桃子出，由小而大，由绿而红，或暴露于枝上，或掩映于叶下，可爱动人。"春江水暖鸭先知"的意思反映于棚内时空，就是桃子熟透鸟先吃。红润欲滴的桃子，鸟儿喜爱。桃子甜爽，我们家人浅尝辄止，让予众鸟，同乐同欢，年年如此。桃熟时节，两三天的时间，鸟儿就将桃子扫荡一空，核子都不留下。日常光临棚子的鸟儿络绎不绝，多为熟客，不畏人。有的筑巢棚上，有的暂时栖息而游戏于花木间；两只雄健斑鸠夜宿于棚，见人即迅飞而去。对了，享用桃子的不只有鸟儿，还有那只安家隔壁楼层、貌似永远长不大的小老鼠。它倏忽于棚上棚下，窜走于修条密叶中，灵巧迅捷，会直立起来用前爪撕竹叶吃，很享受的样子。

20年间，人与桃树情依依。当年的夭夭桃苗，如今垂垂老矣。枝干半空半朽，裂痕暴露，不过那是阳光照进来的地方。生命不同阶段，自有各自风采，所以依然倔强傲挺，出新叶长新枝开鲜花结桃子，桃胶盛出不歇，生命之光绚烂。

“陌上花开，可缓缓归矣。”棚里嘛，四时皆有花开，不同花儿不同习性，时到自开自在闲。孤芳自赏不是自恋自怜，而是自心的恬适和悦然，活在当下，今正是时。不只有花儿，还有瓜儿。不只有色，声、香、味、触、意一时并在而相融。人在其中，于无形中闻幽香，在叶动时知风起，在听雨时感知天地意蕴。一花一世界，一棚一时空，大千世界具体而微的投射和显映，诚如苏轼所言：“耳得之而为声，目遇之而成色，取之无禁，用之不竭，是造物者之无尽藏也，而吾与子之所共适。”

三月里，在水池顶植土下籽，春风化雨，袖珍品种的南瓜苗应时破土而出，长出触须，攀篱缠架，吸纳天地精华而丰满自身。花开灿然之后，蒂落瓜生，一个个或淡黄色或浅青色或褐黑色的小瓜儿得意地随风轻摇，或如葫芦状或如天鹅状或如南瓜状，形态憨憨，神情可喜。大院内的小孩，外来的朋友，见之喜之，欣赏把玩，爱不释手。

种瓜得瓜，棚里最早种植的是蛇瓜，从潮州老家得来的种子。种植于棚下，步步长大后，攀附向上，茂盛叶儿正好覆盖穹形棚架，棚下阴凉，正好可为生于其下的兰花遮挡烈日。名副其实，蛇瓜为青绿

色，瓜形酷似真蛇，有的虬曲盘缠，有的平直垂挂，有的纠结一团后耸起头颈。初见之人骤视之，莫不大惊失色。成熟之后，瓜色逐渐泛黄泛红，新的种子孕育其中。蛇瓜适合煲汤，配上猪肉或者骨头，味道清爽怡人。

目力所见，顾肚棚是实体的花草世界，有形有色有觉，同存一个

无形有香有味的世界，香气的灵韵就是无形世界的主角。园林家说，香是园之魂，突破和拓展了静态空间。茉莉的清香，含笑的甜香，桂花的浓香，兰花的幽香，个个无形而实在，花香隐隐，随风飘逸；无形的香依偎无形的风，不见而见，不见而有，如人饮水，冷暖自知。正所谓无一物中无尽藏，有花有月有楼台。人也何尝不是如此，人的实身人的气息，也是多体、多形、多质的存在和流转，所以可以“闻香识女人”。

“花无百日红”，家乡老辈人这句简朴的话，常情常识，却又深刻。世间花叶不相论，花入金盆叶作尘。高傲的立于枝头拉风咀露的花儿，终有随风随雨飘落的一天，化为微尘，回归大地。飘落之时，那些平时默默无闻的枝叶，温柔地托住了枯萎的花儿，免得她摔重了摔疼了……

生是长穹一抹风。海棠花寿尽之时叶落枝萎，貌似生命已无觅处，归于虚无，岂不知风起处，种子已经悄然散落于不知处，静待时机，春雨微风一来，孕育新生，重启轮回。花开花落，色起色衰，风来风去，都是自然之道、天地之理，所以不必惆怅于一时的得与失，欣然于得到，安然于失去。死亡只是生命的一部分，无可逃脱的注定。来时空，去时也是空。空并非无，是空中生有，有中延续，绵绵不绝。生命的价值不在于长短，而在于活得通达无碍。即如昙花一现，只闪光于一晚，依然动人魂魄。“夏虫不可语冰”，人生几十年，难道我们就比夏虫更懂得夏季的内在、幽微和精彩吗？！生命是比宽度和厚度，不是比长度的。天地间有大同，万象呈现万相，实则同缘同根。花木如此，人亦复如是，顺适顺从顺安天地之道自然之理。正如弘一法师所言：“生命没有永恒，时间一到，该老的老，该走的走，临了空空，没你也没我。”一切皆是因缘和合，一切都是最好的安排！

因爱而乐享

等一朵花开，是需要时间和微笑的。

做无用的事，就是为了让自己有一颗更安静的心。

养花，养的是人心，于日复一日貌似简单重复的过程中，厚养一颗宁和寂静的心。

顾肚棚的营造，可以说全是老爸之力之功，赖其匠心独运，精勤不辍，久久成功。老爸自小悟性高，治业精诚，做事有恒心，耐得住寂寞，特别是书法绘画水平精湛，几十年的才华厚积然后在棚子的设计上薄发，因地制宜，游刃有余，随意发挥，尽得妙趣。比如，以红色瓷砖为材料，锤打钳切，打造字体的笔画要件，以隶书形式砌成

“顾肚棚”三字于墙壁上，形神俱备，飘逸洒脱。又如，随势赋形，在南边低处，以碎石瓷砖为料，绘出半开半合莲花形状，花色、纹样、形态全有全现，意境悠然。再如，于莲花图案的两边，各砌一个鱼池和龟池。鱼池一侧，以玻璃为面，可观池内鱼儿动态；龟池高处无水，适宜龟儿栖息，有水处方便龟儿饮食。两池各有排水口，方便水桶承接污水，用于浇灌花木，化污为宝。各种真妙设计，出于慧心巧思，都具实用之效，只有老爸想得到做得出，不得不服啊！

为了让长居城市的孙子懂得些许农业之事，增长见识，老爸专门营造一角空间，种植水稻，演示育种、插秧、除草、施肥、护养、收割的全过程；专门制作一个全透明的容器，种植马铃薯，引导孙子观察马铃薯根系的生长情形；专门开辟一处角落，圈养了两只母鸡，便于孙子亲自体会每天在稻草上捡鸡蛋的快乐……在爷爷的熏陶和带动下，儿时的孙子对“田园”生活饶有兴趣，时常戴着大草帽，坐在小板凳上，观看爷爷劳作，时不时帮一下倒忙。清晨，爷孙俩一起沐着朝露，细心留意，挑出正在啃吃茶叶的肥胖的青虫；夜晚，观察壁虎如何善巧捕食，听蟋蟀们于黑暗的角落尽情欢歌……

顾肚棚成为邻居爱来之地。邻居们到棚上晒被子衣物，顺便闲谈吹牛；眼看天黑雨将至，我们不忘提醒邻居收取或先将衣物收入屋内，得份周全。老人家时常上来，蹬到水池面上，安坐凳椅，享受阳光温暖风儿清爽。

小孩子特别喜欢过来，特别是周末或者寒暑假时间，人未到，欢笑声脚步声先到。有一年，林姐姐兴起，邀请孩子们一起举办圣诞节晚会，将棚子装饰得如同童话世界。孩子们欢呼雀跃，音乐声声，美食多多，在清风徐来、月影依依中度过良宵。至今，大玻璃上留存着喷涂的圣诞老人乘坐鹿车的图形，一曲难忘。

孩子们最喜欢围观、触摸池里的两只大乌龟，评头论足。每每见到孩子们到来，我总不忘追上去，大声交代："你们千万别摸龟头，乌龟不开心了会咬人的！"妹妹的儿子问我："这两只乌龟多大了？""你得叫它们哥呢！"我笑应。有一次，我正在棚里，几个孩子风一般闪进来，一路嬉笑打闹，一滑溜就爬上梯子，猴子一般到了水池面。"你们不听话，别跑那么快，小心，别摔倒了。"气喘吁吁满头

大汗的老人家挥着扇子，紧跟而来，作势欲打孩子状。

龟池原来养着三只乌龟的。几年前的某天，有一只无缘无故地四脚朝天，入土为安了。某夜，我做了一个清晰的梦。梦见它昂着头顽强地走着，一路向西北。路人啧啧称奇，问同在旁边观看的我："是不是你家里那只龟？"我点头。其时，龟儿侧身对我说："我正走在去西藏的路上，一路磕头过去。"我默然笑对。真是虔诚啊，已经走了几年了，祝它平安顺达。《藏地罗生门》一书描绘了类似情境，乌龟有灵应有因缘，愿它早日实现梦想……

因爱而持恒善全

2023年暑假，我和林姐姐旅行西藏十天。儿子宁愿一个人在家里，也不与我们同行，顺然。自然地，把浇水的事情交付于他，不用另请帮工。临行前，细细叮嘱：这角落里的不要遗忘了，那几株盆面清浅的需要多次淋浇，厚积叶子的地方其实是紫藤的根部。儿子点头领会：

知道了！浇一遍棚子，外甥女阿佳计算过，全过程需要45分钟。

我在藏期间，儿子陆续报告浇水情况，落实喂龟之事，颇为用心尽职。其间，乐不可支地报告，说于棚上茂密处新发现鸟窝一个！及至他说到苦等台风雨不来，抱怨天气预报不准，不得不人工操作，又说浇水了还落叶的时候，我暗觉不妙。果然，回到家一看，除了兰花耐旱而挺住之外，其他花木都委顿不振，只剩下半条命，明显是干渴

导致。花木经不起酷暑的折磨，经不起几天的怠慢，显现生命无常及脆弱无助。我一时不免心伤，一阵子后，就坦然去面对和接受现实。不批评儿子，毕竟他是就着自己的理解，付出了劳动，表扬和肯定是主要的，所以只是轻描淡写地对他说："水还是浇少了。"他默然无语。只有喜欢的事，内生欢喜而发之于外，才可能凝心用力，做好做善并持之以恒。由此深切明白，老子喜欢的事情不会自然遗传小子，如同老爸的绘画才能和天赋悟性，未能通过基因转让给我一样，顺之安之。

总有全家人都不在广州，需要请朋友相帮的时候。大院里的物业工作人员，特别是卫生工，责任感强烈，细心周全，不仅浇水丰满，而且时时清扫落叶，棚里清爽明洁。棚内有风扇有椅子，一直以来，顾肚棚就是他们辛苦劳作之后一处可安心休息的地方。有时，他们被我的脚步声惊醒，面有愧意，迅捷离开。我微笑相应，示意他们继续休息，是我唐突了。喜爱花草的好友欣受承托，将棚子视为乐土，寓享受于辛苦中，不仅洒扫庭院，还不忘记给龟儿洗澡，把龟池清洁一番。闲暇则于棚下喝茶看书，听风闻鸟，看夕阳的身影在花叶上移动跳跃，看光线在棚子上拖长缩小，其乐融融。

有一段时间，我傍晚到了天台，发觉落叶已被扫尽，花木已享甘露，龟池换了洁水，不知何人做了好事不留名的，悄然隐身。不觉纳闷，难道说这世间真有田螺姑娘，知我心劳，为我解忧？后来一个偶然的机会，楼下邻居到棚里来晾晒衣被，闲谈之下，方知原来是她因为热爱，所以闲暇上来帮忙打理。善哉善哉！

* * *

弘一法师说：少年贪花花不至，老来无事花满枝。

梁实秋在《人生不过如此而已》中写道："中年的妙趣，在于相当地认识人生，认识自己，从而做自己所能做的事，享受自己所能享受的生活。"

一勺水也有曲处。顾肚棚小园几许，却也是一个自在圆足的世界，天机流荡，生意蔚然。毫端偶集一微尘，何处溪山非此身？！

此处甚好，一心万象，万象一心。

闲处棚中，悠然一杯茶，足以慰风尘……

送猫

做了一个奇怪的、长长的梦，彩色的，动感的，连贯而有情节发展，然而全程又是无声无响的。

醒来，凌晨五点多，窗外迷蒙。

无心再睡。

梦境清晰和深刻，沉浸，回味，思索。

* * *

梦见自己身处陌生地，好像童年时候生活过的农场模样，又不是。站在屋檐下，面前几处低矮草屋，弯曲小路贯穿其中，远处林木高立青翠，空寂无人，天地静谧。

不知怎的，手中抱着一个婴儿，刚出生两三个月的样子，身子包裹严实。胖墩墩的男孩，凝视着我的眼神洋溢盈盈的笑意，咧着小嘴，乐不可支。我好像要去做一件什么事，把男孩送去某个地方。男孩好像是我的儿子，有肌肤之亲，我觉察到心里的温情。

什么时候下起了小雨，湿了地面，天地迷茫。我抱着男孩，走出屋檐，离开背后的黑屋。檐上滴下的雨珠，滴到了小家伙粉嫩的脸上，我拂拭清净，满怀歉意地对他说："不好意思啦，小家伙。"他天真地笑着，肉肉的可爱，我也笑了。

沿着小径，默默前行，只知方向，不知去处。男孩乖顺，贴紧我怀。路过的屋舍内里，都是漆黑无光亮无声息，静肃呆立。

前路显出一个清晰的背影来，衣着朴素，脚步稳实，径直前行，却并不回头。我顺然地跟着她走，没有话语交流，心里清清楚楚地知道她是谁，她是我已经去世的妈妈。左侧一处屋舍好像有点怪异，我立足侧目，偌大的房间空旷无人，一个碎瓶子竖立，遍地碎玻璃。正好奇中，妈妈无声传来话语："快走，不要进去，里面的老人家已经去世了。"听妈妈的话是没有错的，于是我抱着男孩，紧跟妈妈步伐，保持不远不近的距离，也不知道要去哪里。梦境中无从管控身心，不明白为什么妈妈一直不回头，不明白自己为什么不赶上前去，见见妈妈的面容，然后并肩而行，再问个究竟。男孩很乖，不哭也不闹。

走啊走，走过了林地和山地，面前突然开阔，迎来了一泓水泊。水面宽广，远接天际，清澈澄净，微波摇动，轻拍岸滩。左边一处高山，林木茂盛，环抱湖泊，倒映绿流。沿着岸边静行，一堆巨石塞路，横在面前。水湿石面，滑溜难行。这时候，妈妈突然消失！我竟然没有惊讶，没有追寻，不去理会，却只顾着盯着石面，思索如何越过巨石，因为旁边并无他路可以前行，涉水而过未在考虑中。

正在彷徨中、苦思无计时，忽然发觉有人招呼我。刚才原本无路的右侧，不知怎么出现了一处干燥低洼地，一条水泥砌就的排水渠，纵贯东西，渠中无水。我居高临下，低处两位穿着白色衬衣的男子正向对我，其中一位正向我招手示意。招手者是熟人，另一位面容模糊。山重水复疑无路之时，新路自然展示，愁思顿解，感觉爽妙！我将男孩双手递予熟人，他郑重承接。末了，我抬头之时，见到路牌上清晰写着“仙居街”……

* * *

奇幻与真切交织并存的梦境！

无睡意了就起身，林姐姐正在厨房摆弄早餐。

“我刚刚做了一个奇怪的梦！”说完这话，潜意识突然闪过一个念头，梦不可以说破。于是，我不再往下说，反正我的多梦与奇幻梦境，她已经见怪不怪，不对，是听怪不怪了。

* * *

马上要去做一件铺排已久的事，准备妥当，按计划行动。就是将安眠天台已久的“好食”猫，送往从化，在好友龙哥的农场里入土为安，了却一桩心愿，放飞“好食”，让它在原野里树林下尽情欢乐。

由两个硕大柜形花盆倒扣而成盛放“好食”身体的棺材，昨晚已从花架下移出，置于空旷处。夜来细雨，润湿了棺材的顶部。“好食”，一只白底黄斑的猫儿，聪明灵敏，在天台上生活了三年，又在这里安息了三年。它的到来和离去，都是故事，思忆追寻，令人感叹。

* * *

“好食”成为家庭的一员，纯属偶然。

那时候的大院，是猫们的乐园，人猫融洽相处，趣味多多。有一天我夜归，走在大院小径上，一只黄白相间的小猫在前面欢耍。看见我过来，它忽地疾奔而来，抱住我的小腿，亲昵偎依。等我俯下身来，

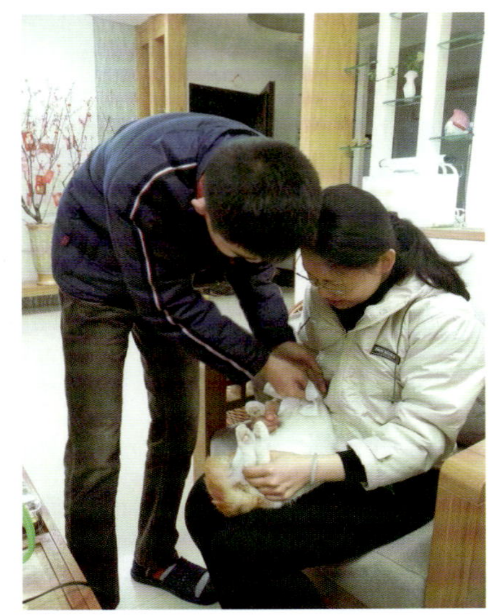

它又迅即跑开，爬上树干，居高临下地瞅我。我笑了笑，前行几步，感觉小腿被什么缠了一下，一看，小家伙正从后面抱住我，喵喵脆叫几声。我想抚摸它的头顶，它又一下子窜离。如是反复。等我快走到门口位置，小家伙又一次抱住我的小腿，眼神里洋溢着热烈盼望的情绪。我抚摸它，它没有再逃离，很享受的样子。此时无意中留意到旁边灯下树边，一只母猫正静静地关注着我的一举一动。小猫应该是母

猫的小孩，公猫也见过，雄壮威猛。我抱起小猫，它乖顺地躺在我怀里。我面对母猫，指了指七楼的住处，母猫静静注视。

家里第一次养猫，增添家庭成员。经过家人商议，把小猫安置在天台上，落户在棚屋下，因为顾肚棚有三层空间，天地广阔，任由行走，是适合小猫的生活环境。先草草铺排，有个窝，暂且栖息，第二天再妥当安排。为了免除父母忧虑，我下楼找到母猫。母猫好似知道我的用意，温顺地被抱起，一路无语，径直到达小猫住处，母子相处相伴。隔天凌晨，不见母猫，小猫自在玩耍，没有怯心与离意，显见母亲安心于儿女的新家，小猫也乐意在此安居。新成员，新生活，新乐趣，就此展开。

刚开始我们还有些担心有些私心，怕小猫不愿久留而离开，所以第二天特地买了猫绳，期望以有形之索留住跳动的心。第三天凌晨，不见小猫踪影，绳索散乱在地。全家出动，天台上下搜索个遍，呼唤无应，不免惆怅，匆匆过客难留呀！回头收拾棚下，大家默然。其时，儿子看见单车前架物袋子盖得严实，不甘心地掀开，一看，好家伙，坏家伙正在里面舒服，沉浸甜美梦乡呢……

从此，小猫安乐此地，白天游步天面，与草木相伴，与乌龟嬉戏，闻花香，吃竹叶，戏蝴蝶；夜间栖息棚下，看倦鸟南归，叹晚风，赏月色，自在无碍。每到傍晚时分，准时从天面下来，敲打房门，轻声呼唤，好似说道："开饭啦开饭啦，我来啦，快开门！"进得门来，轻

抱这个轻吻那个，亲热之情洋溢。开饭之时，小猫憨立桌边，仰望流涎，令人忍俊不禁。于是我们为它取名“好食”，我们家原本就是好食之家，增添同好之成员，殊为乐事。即以报纸铺地，夹肉送菜，它摇尾表谢，欢喜进食。食毕，与家人嬉闹一番，伫立门边。我们知道它想回去了，开了门，它径直上去。

天台的顾肚棚是个好地方，花草繁茂，无声有形处，花开花落，秋去春来，知时序之行，明自然之道。工作日傍晚时分，或者节假日，我行到天台大门边，即见好食一闪身影，故意躲藏花盆边，显然知悉我的脚步声息，等候已多时。见我行近，突然闪现，径扑我身，意似惊吓一下我，调皮捣蛋，形如顽童。然后，竖尾疾蹄，小跑引路，带我到水池边，知道我要来浇花了。浇花之时，好食这边闻闻、那边嗅嗅，忙个不停。当我中间停歇，坐在矮凳上时，它时常冷不防一下子扑到我怀里来，爪子沾水带泥，弄得我一时无措，然后它热切地亲吻我脸，依偎着我，像个小孩子一般，要我温存地抚摸它，搔颈下捏耳朵，然后它就闭目闲身，很享受的样子。

好食有时候好乖，有时候不乖。

乖的时候很乖，会听话。比如，每次我们回潮州，它都同行，在车子里自由行走，欣赏窗外的风景。有时会爬到我怀里来，帮忙开车，这时候轻轻和它说明，它就会乖顺离开。那时候从广州回家乡走高速路，要六个来小时，中间要歇食休息。歇食时，留好食于车上。它不哭也不闹，趴在车头，静静地等待我们回来。

（林纯　作品）

不乖的时候也很可爱，像小孩。老爸养了一缸金鱼，鱼儿悠悠。回潮州老家过年，好食白天细打主意，夜晚大胆实施，用爪子入水挑逗鱼儿，骚扰蛮缠，以此为乐。有的鱼儿不堪折磨又挣脱不得，生不

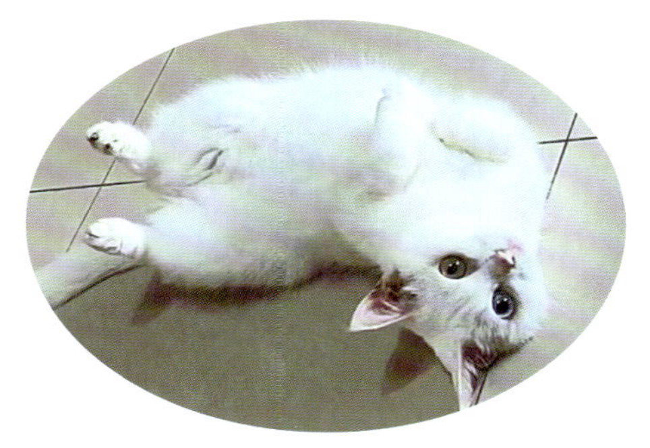

如死，干脆出水自尽。早上起来，只见鱼儿在地，好食畏罪潜逃。白天装老实，夜晚活跃，时常利索攀上厅里木本植物，在枝叶间嬉闹，偶尔伸出头来探视我们的反应。待我们出声呵斥，赶紧窜溜下来，隐身沙发下，免得挨揍。会看电视，每每追近屏幕动景，伸爪探进，以为可得，不得而纳闷，愣蒙在那里。某天早上，不知跑去哪里，遍寻无踪。不可能出门去，肯定在屋里。老妈放不下心，翻遍了寻常藏身处，依然不见，正苦笑时，忽地发现床上被子有个隆起，掀被一看，好家伙，好食四脚朝天，正睡得呼噜噜。原来我们起床时，被口有个窟窿，它借机而入……

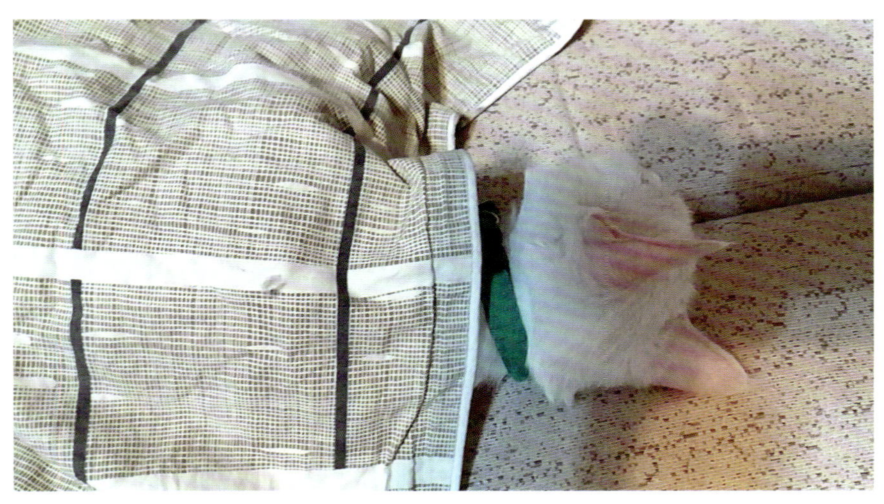

冬去春来，四时轮序，好食身体日渐滚圆，抱起来颇为费力。

有一天，我到了天台，不见好食踪影。原以为躲在某处角落酣睡，不料整天未见，联想近时它时常于清晨时分叫唤得不似平时，始觉有异。我们焦急起来，分头在大院到处寻找，大声呼唤它的名字而不见回应。问询小区门房保卫，回说没有见这样一只猫溜出去。担心它的安危，担心它寻不到回家的路，担心它饿坏了！一天两天，在焦急中等待，一遍又一遍，一次又一次，搜寻不到好食的身影。赶紧起草《寻猫启事》，附上它的相片，张贴于大院醒目处，盼望有人看见并告知。只是数日过去，音讯全无，全家人黯然神伤。不知道发生了什么事，好食失踪了！几天后，当好食突然出现在家门口的时候，我们大喜过望，怜惜于它的憔悴与疲态。人与猫无法以言语交流，无从得知这几天的故事，后来知道了，为时已晚，痛惜不已！第一次养猫，没有经验，不完全懂得猫的生长过程及发育规律，所以当好食回返后出现异常情形时，我们没有在意，反而怪责于它，没有从我们身上找原因。比如，原本好端端的，它懂得在专用的桶里大小便，回返后却随地拉撒，不掩埋，性情大变。当它在对面天台一而再，再而三地“胡作非为”并被人家投诉后，我们不但没有深思细究，反而简单处理，我还打了它的屁股。

那一天，好食又一次失踪。我到处搜寻无着，焦急万分，见到院里熟人便问询打听。当大院清洁阿姨沉思一番，说当天看见一只猫从上面摔下来摔死了的时候，我的心忽地一沉，全身瞬间冰凉。拖着沉重的步伐，一个接一个地翻开大院里的垃圾桶，两腿发软，心颤手抖。期望能找到它，知道它没有失踪；又怕找到它，怕它有个三长两短。当揭开那个桶盖，映入眼帘的是好食熟悉然而一动不动的身体时，我瞬间两腿软瘫、双手冰凉，一股热血奔涌上头。我无力地挪开遮盖好食身体的垃圾，触摸到它已经僵硬的身体，悲怆之情填塞心胸。它的眼神混浊，额头上一个伤疤，血迹模糊。把好食紧紧地抱在怀里，我泪眼迷蒙，挪着步、喘着气，失神地艰难地爬上楼来。意外之痛，家庭成员猝然离去，全家悲情难抑。

烈日当空，炙烤大地，我的心是冰凉的。好食的离开完全是我的错，愧疚痛责而难以挽回，惨淡的现实无力去面对。不可能将好食的遗体简单处理，如同垃圾一样扔弃；更不会采用民间通行方法，将绳索勒紧猫脖悬挂于竹林中，任它的身体随风飘摇。闹市里无处可入土，那就安息于生活之地，虽阴阳相隔，还有个相伴与想念。细细清净好食的身体，以精美袋子包妥，置身于硕大的花盆里。花盆底部垫厚沃土，好食栖息于中部，在它的头边撒放日常爱吃之粮，再以沃土埋没。当好食渐渐消失于泥土时候，林姐姐不禁失声痛哭：“对不起啊，对不起啊，都是我们没有照顾好你！”我的眼泪奔涌而出。花架下空旷地方，正好安放两个花盆倒扣而成的好食棺材。那段时间，夜晚之时，面对棺材，忆念往日情景，令人心酸神伤。月与灯依旧，不见去年人，空余悲怆情！

三年时间过去了。有一天一位佛者对我们说，猫儿不宜置放天台，应入土为安；以心相通，感知好食是以欢喜的心、感恩的心来到我们家，过了一段美好的时光，并没有怪责我们的意思，而且它也不喜欢这样子栖息于天台，期望回归大地。佛者的话，令我们心生欣慰。恰好当时我在从化工作，结识的龙哥热心肠，拥有一片荔枝林于郊外，树荫下、旷野中，景色好，应是好食喜欢的地方。朋友欣然应承，热情允许，于是决定迁移好食的肉身。

* * *

清晨的顾肚棚静谧，雨意消散，柔软的阳光拂拭枝叶，黄色光晕灿灿。

翻开棺材的盖子，再看一眼好食，作一番缅怀。原先抹平的泥土顶面，陷下一层，浅浅地描出好食的轮廓。

棺材太沉，毕竟盛放的全是实土。雇请两位清洁师傅，合力抬到楼下，抬上车子后厢。

一路阳光普照，从家这边到从化那边。

龙哥迟点才能到达，不过已嘱农场大姐帮忙，并说可以任意选择地方安置好食。

跨过干涸无水的水泥沟渠，进入荔枝林中，林荫清凉，微风爽送。蜿蜒小水沟边一处平坦地，远望可见青山映日，近处大树遮掩，空中鸟儿欢声，蝴蝶轻飞。就这里吧，应该是好食喜欢的地方！

掩埋完毕，寻得一大块白色石块，作为墓碑，今后过来看望，有个认知。又挖来一株类似兰花的漂亮植物，植于好食旁边，有个陪伴。如是铺排妥当，了了一桩心事，我长舒一口气，心甘如饴。

太阳直上天顶，阳光越发猛烈。我走出林子，来到水渠边，无意间扫到路牌。突然一愣，“仙居街”三字赫然显现！低头看水渠，又是一愣，这水渠怎么与梦境如此相似的？！难道说还有无言的歌？我内心嘀咕着，有些错愕。待到身着白色衬衣的龙哥笑容可掬地出现在面前，我一下子无语了，不知身在何处，是在梦境中，还是现实中。

龙哥素来真诚，殷勤致意，招待午餐，餐馆就在农场旁边，步行即到。时间尚早，便陪我走看餐馆周边。周边都是他的生态农业，悉心经营，鹅只欢歌池塘中，圃圃青菜叶肥茎壮，藤萝爬绕回互，生机盎然。

“这围栏外的水面，就不是我的了，是水库来的。”离开葱郁农地，行至一隅，龙哥指向西边，我顺向看去。境界陡然一宽，天高云淡。清风徐来，一泓碧波，轻澜微送，亲抚岸石。水面平展，阔大无边，远接天际。左边青山耸立、林木青葱，山青青，水碧碧，高山流水韵依依。

我凝神关注，若有所思、若无思，微笑荡漾，心意恬淡，思绪静谧。

冥冥中是否有注定？不可解，不可思量，难以思议。

生命是一种缘，因缘和合。

一切都是最好的安排……

后记

感谢促成此书出版的热心人。

感谢连建雄老师作序、汪德龙老师题写书名。

感谢翁益、沈寒英、陈逸航、郑进碧、黄金甫、徐剑波、高娟、郑广卫、孔繁煜、林纯等亲朋好友提供的美图，为本书添光增彩。

本书未署名的相片绝大多数为顾肚拍摄，少量为好心人所摄。